KB171108

페이스

페이스

이희영 소설

PIN
장르
003

H

차 례

1

나는 내 모습이 보이지 않는다. 이건 은유적 표현이 아니다. 불안한 심리나 상황을 에둘러 말하는 것도 아니다. 어떤 상징을 표현함도 아니다. 나는 그저 내 모습이 보이지 않을 뿐이다. 물론 투명인간이란 뜻도 아니다. 호모사피엔스와는 전혀 다른 존재라는 말도 아니다. 특별한 능력이나 힘을 갖고 있지도 않다. 안타깝게도. 아니 슬프게도.

언제부터 내 모습, 정확히는 얼굴이 안 보인다

는 걸 깨달았는지 알 수 없다. 기억을 더듬어보면, 남색 원복을 입은 여섯 살 때부터가 아닐까 싶다. 그날 어린이집에서의 하루는 유독 외롭고 힘들었다.

재미난 표정 만들기 게임을 하던 시간이었다. 원형 테이블에 모여 앉은 꼬마들은 앞에 놓인 거울을 보며 열심히 얼굴근육을 움직였다. 슬픈 표정. 화난 표정. 행복하고 기쁘며 즐거운 표정까지.

"나 완전 괴물같이 생겼다. 그치?"

한 꼬마가 두 손으로 자신의 얼굴을 일그러뜨리곤 거울을 보며 말했다. 나는 물었다.

"너는 보여? 네 괴물 같은 얼굴이?"

이 질문에는 두 가지 커다란 문제점이 있었다. 그 첫 번째는 인간은 누구나 거울을 통해 자신을 볼 수 있으며 지극히 상식적인 그 사실을 나만 몰랐다는 것이다. 나는 거울은 물론이요, 사진이나 동영상 심지어 초상화나 캐리커처를 통해서도 내 얼굴을 볼 수 없었다. 자연스레 다른 사람들도 자신의 얼굴을 볼 수 없으리라 믿었다.

그러니 거울을 보며 얼굴을 이리저리 주물럭거리는 친구가 이상할 수밖에…….

"괴물 같은 얼굴?"

친구는 금방이라도 울 것 같은 표정을 지었다. 스스로가 괴물 같다는 건 괜찮다. 그러나 제삼자가 똑같은 표현을 쓰는 건 엄청난 무례다. 그 자명함을 고작 여섯 살밖에 안 된 나는 몰랐다. 그것이 두 번째 문제였다.

친구는 결국 울음을 터트렸다. 나는 서둘러 미안하단 사과를 했다. 정확히 뭘 잘못했는지는 알 수 없지만 어쨌든 친구를 울린 건 옳지 못한 행동이니까. 다만 친구가 서럽게 우는 탓에 가장 중요하고도 궁금한 질문은 더 하지 못했다.

'너는 네 얼굴이 거울에 비쳐?'

나는 찬찬히 주위의 아이들을 관찰했다. 거울을 보며 얼굴을 찡그리는, 웃는, 눈썹을 움찔거리는, 손가락으로 입꼬리를 잡아당기는, 코끝을 들어 올리는, 머리를 매만지는 아이들을 신기한 듯 쳐다보았다. 모두가 보고 있었다. 거울에 비친 자신의 얼굴을. 친구들도 선생님도 하물며 테이블에 놓인 인형까지도.

나는 고개를 돌려 앞에 놓인 거울로 시선을 옮겼다. 그곳에는 짙은 안개에 휩싸인 듯 뿌옇게 흐린 내 얼굴이 있었다. 나는 훌쩍 코를 들이마셨다. 아랫입술을 깨물고는 두 눈을 빠르게 끔뻑였다. 거울에 비친 내 얼굴처럼 시야가 뿌옇게 흐려지기 시작했다. 결국 참지 못하고 왈칵 울음을 토해냈다. 생각보다 커다란 울음소리에 선생님보다 당황한 사람은 되려 나였다.

"괜찮아, 시울아. 친구 때문에 속상해서 그러지?"

엄밀히 따지면 반은 맞고 반은 틀린 소리였다. 친구 때문에 속상한 건 맞지만 온전히 그 탓만은 아니었다.

"나는 안 보이는데. 나는 거울 속에 내 얼굴이 안 보이는데……."

그 한마디는 대단히 의미심장하며 다소 철학적이기까지 했다. 다만 그 말을 내뱉은 이가 여섯 살 아이다 보니,

"어, 그래. 선생님이 거울 잘 닦아줄게."

어린이집 선생님이 이런 반응을 보이는 것도 무리는 아니었다.

잠시 뒤 호호 입김을 불어 깨끗하게 닦은 거울이 눈앞에 놓였다. 그 속의 내 얼굴은 여전히 안개에 가려져 있었다. 툭툭 고이지도 못한 눈물이 방울져 떨어졌다. 자신의 얼굴을 볼 수 없다는 건 여섯 살에게도 서럽고 외로운 일이었다.

"왜, 다른 거울 줄까?"

나는 힘없이 고개를 내저었다. 더는 거울의 문제가 아님을 알았으니까. 나는 남들과 조금, 어쩌면 아주 많이 다르다는 걸 깨달았다. 그 파장은 강한 에너지를 내뿜어 고요했던 집 안을 단번에 뒤흔들었다.

"어머님, 오늘 시울이가……."

선생님이 그 상황을 어떻게 설명했는지는 알수 없지만, 엄마는 하원하는 어린 딸의 손을 꼭 붙잡고 그 즉시 동네 안과로 직행했다.

"그래, 여기다 눈을 대고, 그렇지, 잘하네. 그속에 보이는 게 뭔지 말해줄래?"

"시울이, 동물 좋아해? 응, 그래. 선생님이 가

리키는 동물이 뭔지 맞혀볼까?"

"숫자는 읽을 수 있지? 아, 한글도 알아. 와, 똑똑하네. 그럼 이 알록달록한 그림 속에 숨어 있는 숫자를 읽어줄래?"

"지금 반짝반짝하는 불빛 보여? 그래, 그 불빛이 어디 있는지 우리, 눈으로 따라가볼까?"

그 뒤로도 연거푸 해볼까? 해줄래? 맞혀볼까? 따위의 질문들이 날아들었다. 그것은 여섯 살에게도 아주 귀찮고 짜증 나는 일이었다. 하지만 나는 얌전히 기계 너머 풍경을 얘기했고 작은 거북이를 맞혔다. 그림 속 숫자를 읽어나갔고 빨간 불빛을 따라 열심히 눈동자를 움직였다. 그때마다 선생님은 잘하네, 어이쿠, 이것도 보여? 와, 잘 읽는다, 옳지, 맞아, 따위의 추임새를 넣어주었다. 그리고 마지막으로 내 앞에 놓인 건 그저 그런 원형의 거울이었다.

"자, 이제 거울 속에 보이는 걸 말해줄래?"

거울 속에는 등 뒤에 서 있는 엄마가 보였다.

"엄마요."

선생님이 고개를 끄덕이고는 다시 물었다.

"그리고 또 누가 보일까?"

"네모난 블록이요."

안개처럼 흐릿했던 얼굴은 색색의 블록으로 변해 있었다. 마치 칸딘스키의 작품 「동심원이 있는 정사각형」처럼. 물론 그때는 칸딘스키가 현대 추상회화의 선구자란 사실도, 중세 기사와는 전혀 상관없는 청기사파를 만들었다는 것도 몰랐지만, 어쨌든 지금도 가끔 거울에 비친 내 얼굴은 칸딘스키의 작품처럼 나타난다.

"좋아, 좋아. 그럼 시울이 잠깐 밖에 나가 있을래? 간호사 선생님이 사탕 주실 거야."

나는 폴짝 의자에서 내려와서는 밖으로 나갔다. 하지만 간호사 선생님께 사탕을 요구하진 않았다. 쓰러지듯 병원 대기실 의자에 앉아 멍하니 TV를 보았다. 검사가 적잖이 피곤했으니까. 사탕 따위 먹을 기분이 도저히 아니었다. 여섯 살 인생에도 때론 사탕이 쓴 날이 있다. 물끄러미 TV 화면을 보다, 나는 까만 유리 벽으로 고개를 돌렸다. 그곳에는 어린이집 원복을 입고 파란 운동화를 신은 채 짧은 단발머리를 한, 얼굴은 색색의 블록에 파묻힌 꼬마가 앉아 있었다.

그것은 내 얼굴이었다.

2

"안구나 시력에는 문제가 없대. 2.0으로 아주 좋대. 눈에 문제가 있는 게 아니라잖아. 내가 뭘 잘못했지? 여보, 그 애니메이션을 보여주지 말 걸 그랬어. 그냥 만화영화겠거니 했는데 의외로 내용도 난해하고 잔인했거든. 주인공이 이상한 괴물로 변하잖아. 아무튼 우선 예약은 해놨어. 이따 다시 얘기해."

다음 날 엄마가 나를 끌고 간 곳은, 어린이집도 동네 안과도 아니었다. 여섯 살에 이미 한글을 깨쳤던 나는 고개를 들어 초록색 간판을 떠듬떠듬 읽어나갔다.

김. 조. 아. 소. 아. 정. 신. 과.

이곳이 뭐 하는 곳인지는 알 수 없었다. 다만 김을 좋아한다고 쓰려면 히읗이 들어가야 한다고 생각했다. 나는 그렇게 김을 좋아하는지 어떤지 모를 낯선 사람과 진료실에서 마주 앉게 되었다.

그나마 다행한 것은, 안과에서처럼 이상한 기계 속을 쳐다보지는 않았다는 사실이다. 색색의 숫자를 읽을 필요가 없었고 빛을 따라 이리저리 눈동자를 움직이지도 않았다. 다만 지루하고 재미없는 여러 질문을 받았는데, 언제 가장 화가 나느냐는 질문에는 지금이라 대답하고 싶었다. 그래도 집과 나무를 그려보라고 했을 땐 조금 즐거웠다. 나는 그림 그리기를 좋아했다. 형태를 알 수 없는 문양을 보고 무엇이 떠오르는지 대답하는 일도 재미있었다. 마치 그 속에 숨은 나비와 토끼와 괴물 들을 찾아내는 숨바꼭질을 하는 기분이었으니까.

마지막으로 김을 좋아하는지 어떤지 모를 선생님이 내 앞에 거울을 두었다.

"자, 거울 속에 누가 있지?"

거울에 비친 건 당연히 나였다. 단발머리에 하늘색 티셔츠를 입은 여섯 살 꼬마 아이.

"저요."

내 대답에 선생님의 표정이 밝아졌다.

"그래, 맞아. 시울이가 있지? 시울이 얼굴은 어떻게 생겼을까?"

"젖소."

"젖소?"

선생님이 두 눈을 빠르게 깜빡였다.

"얼굴은 안 보여요. 젖소가 가렸어."

얼굴이 있어야 할 자리에는 젖소 얼룩무늬만 가득했다. 그 즉시 선생님의 표정은 김처럼 까맣게 변하더니 금방이라도 바스러질 것 같은 슬픈 눈빛이 되었다.

나는 안과에서 시력검사를, 소아정신과에서 심리검사를 받은 데 이어 마지막으로 모 대학병원에서 뇌 MRI를 찍었다.

"눈도 뇌도 모두 정상이야. 역시 심리적 문제라고밖에 볼 수 없어. 정신과 의사가 여러 설명을 해줬는데, 아무리 생각해도 결론은 그것 같아."

정신과 의사가 예상한 원인 중 하나는, 어쩌면 얼굴의 미美에 관한 문제인지도 모른다고 했다. 어떤 계기로 나의 얼굴을 싫어하게 되었고, 거울

에 비친 나 자신을 부정하게 되었으며, 스스로를
보고 싶지 않은, 더 나아가 볼 수 없는 상태까지
이르게 됐다는 것이다.

그날 이후 부모님은 어린 딸에게 예쁘다, 아름
답다, 귀엽다는 말을 절대 쓰지 않았다. 의사의
가정 중 하나가 확신으로 바뀐 모양이었다. 그렇
게 각종 공주 인형들을 버렸으며, 잘생기고 예쁜
아이돌이 나오면 그 즉시 채널을 돌려버렸다. 엄
마의 화장대에서 색조화장품이 모두 사라졌다.

"우리 예쁜 시울이, 잘 있었어?"

고모의 인사에 아빠는 왈칵 짜증을 냈다.

"그럼 못생긴 똥강아지라고 불러?"

이 한마디에는 불같이 화를 냈다.

나는 방으로 들어가 힘없이 침대 끝에 걸터앉
았다. 그러고는 이불 속에 숨겨놓은 손거울을 꺼
냈다. 벽에 있던 거울은 진작에 사라졌다. 거실
의 전신 거울도 베란다에 내놓았다. 욕실 거울에
붙인 인어공주 스티커마저 떼어버렸다.

"그게 아닌데."

나는 한숨과 함께 중얼거렸다. 여섯 살이 내뱉

기에는 제법 깊은 한탄이었다. 내 방 공주들, 화면 속 아이돌, 화장대의 알록달록한 화장품이 사라졌다고 해서 문제가 해결되진 않았다. 예쁘다는 말을 듣지 않는다고 해서 거울 속 얼굴이 나타나지는 않는 것처럼.

내 얼굴을 볼 수 없는 건, 오직 나뿐이었다. 그 사실 하나 때문에 엄마는 심각한 표정으로 심리학과 정신분석학 책들을 읽어나갔고 아빠는…… 아빠는 미안하다며 울었다. 애착 인형과 장난감들이 흔적 없이 사라졌다.

"너는 세상에서 제일 귀한 존재야."

"이 세상에 우리 시울이보다 소중한 건 없어."

부모님의 일명 딸 자존감 높이기 응원은 점점 더 부담스러워지고 있었다. 그때, 나는 한 가지 묘안을 떠올렸다. 그것으로 단번에 이 어색하고 눈치 보이는 상황에서 벗어날 수 있으며 압수당한 인형과 장난감, 각종 스티커와 화면 속 멋진 언니 오빠들도 되돌려받을 수 있었다. 그 일은 생각보다 간단했고 너무나도 단순했다. 나는 손거울을 켠 채 침대에서 내려와 벌컥 방문을 열어젓혔다.

"엄마, 나 이제 내 얼굴 보여."

그렇다. 세상에서 내 얼굴을 볼 수 없는 사람은 오직 한 사람뿐이었다. 엄마와 아빠도, 할머니와 고모도, 어린이집 친구들도 모두 볼 수 있었다. 안과와 소아정신과, 대학병원 의사 선생님들도 다 볼 수 있었다. 이 세상 모든 사람이 내 얼굴을 볼 수 있었다. 단 한 사람만 빼고.

"진짜? 시울아, 이제 네 얼굴 보여?"

그러니 바로 그 한 사람만 속이면 되는 것이다. 그렇게 한다면 이 어색하고 불편하며 뭔가 대단히 눈치 보이는 상황에서 단번에 벗어날 수 있었다.

"응."

나는 격하게 고개를 끄덕였다. 그 즉시 엄마가 내 손을 낚아채 욕실로 끌고 갔다.

"자, 거울에 누가 보여."

엄마는 이렇게 묻고는 빠르게 덧붙였다.

"엄마랑 시울이 있지? 시울이 단발머리고 노란색 옷 입은 건 알아. 얼굴이 어떻게 보여?"

나는 가만히 거울을 들여다보았다. 그 속에는 엄마의 긴장된 표정과 귀밑으로 찰랑거리는 까만 단발머리와 고양이 그림이 있는 목이 늘어난 티셔츠가 있었다. 그리고…….

"시울이 눈 코 입."

어쨌든 눈이 있으니 세상이 보이겠지. 코가 있으니 냄새를 맡겠고, 입이 있으니 먹고 말할 수 있는 것이다. 그 정도는 아무리 여섯 살이라도 모르지 않았다. 아니, 절대 모를 수 없었다.

말이 끝나기 무섭게 욕실 가득 환희에 찬 엄마의 비명이 퍼져나갔다.

"그래, 시울이 바로 네 얼굴이 있잖아. 사랑스러운 우리 딸 얼굴이 저렇게 또렷한데. 됐어. 이제 다 된 거야. 역시 노력한 보람이 있었어. 엄마는 우리 딸이 꿋꿋하게 이겨낼 줄 알았어."

나는 엄마의 품에 안겨 짧은 한숨을 내뱉었다. 대체 뭐가 된 건지, 무슨 보람이 있는지, 뭘 꿋꿋하게 이겨냈는지는 알 수 없지만, 한 가지 사실만은 확실했다.

"이제 나 TV 봐도 되지?"

음악 프로그램을 볼 수 있고, 동화책을 돌려받을 수 있고, 구두도 신을 수 있었다.

"그럼 딸. 얼마든지."

분명 내 애착 인형 핑크 토끼도 다시 돌아올 것이다. 그것으로 충분하고 그것만이 유일한 해결책이라며 나는 스스로를 다독였다.

다행히 엄마는 아무것도 묻지 않았다. 눈이 정확히 어떻게 생겼고 코가 어떤 모양이며 입술이 도톰한지 아니면 얇은지. 시울이는 엄마와 아빠 중 누구를 더 닮은 것 같은지. 구체적인 질문은 하지 않았다. 당연한 일이었다. 엄마 눈에는 내 얼굴이 보이니까.

"여보, 응, 나야. 있잖아. 방금 우리 시울이가……."

잔뜩 흥분한 엄마의 목소리는 탄력 좋은 탱탱볼처럼 거실 곳곳에 날아가 부딪혔다. 나는 천천히 욕실 거울로 눈을 돌렸다. 그곳에는 까만 단발머리 아래로 회색 구름이 소용돌이치고 있었다. 영락없는 태풍의 눈이었다. 내 얼굴을 볼 수 없는 이는 세상에 단 한 명뿐이고 그 사람이 바로 나였다. 모든 이가 내 얼굴을 볼 수 없는 것과 오직 나만이 내 얼굴을 볼 수 없는 것. 이 둘 중 어느 쪽이 더 나은지 여섯 살 꼬마는 알 수 없었다. 그로부터 12년이 지난 지금까지도 모르긴 마찬가지다.

3

머리 위를 더듬어 핸드폰 알람을 끈다. 정확히 10분 뒤에 엄마 목소리가 들린다. 똑똑, 아빠의 노크가 마지막 경고다. 더 지체했다간 지각이다. 세수한 뒤 교복을 입고, 부스스한 머리를 하나로 묶은 후 토스트 한 쪽을 입에 물기까지 10분, 길어야 15분이다. 그런데 시간은 늘 빠듯하다. 침대가 좀처럼 나를 놓아주지를 않는다. 그 포근한 늪에서 빠져나오기까지 여간 힘든 게 아니다. 엄마의 표현을 빌리자면 방에서 더럽게 뭉그적대는 시간이 20분이다. 원래 인간의 삶이 다 그렇다. 설거지하는 데 10분이지만, 싱크대까지 가는 데 한 시간이다. 여행 후 짐 정리는 고작

30분이지만, 캐리어를 열기까지 꼬박 하루가 걸린다. 샤워하고 일기를 쓰고 방을 치우는 시간보다, 그것들을 시작하기까지 마음을 먹는 시간이 대략 열 배가 넘는다. 고로 나는 지극히 평범한 삶을 사는 중이다.

간신히 상체를 일으키고 길게 하품을 한다. 눈도 못 뜬 상태로 습관처럼 얼굴을 만진다. 오늘은 조금 부은 것도 같다. 뭐, 어쩔 수 없지, 생각하며 허물 벗는 뱀처럼 꾸물꾸물 침대를 빠져나온다. 그러고는 벌컥 방문을 열어젖힌다.

"딸, 좋은 아침."

"거짓말하지 마."

엄마의 산뜻한 인사에, 나는 유쾌하지 못한 기분으로 응수한다. 세상에 좋은 아침이란 없다. 피곤하고 짜증 나며 귀찮은 아침만 존재한다. 그럼 누군가는 말하겠지. 느긋하게 쉴 수 있는 주말이나 휴일은 좋은 아침이지 않냐고. 아니, 절대 아니다. 여유롭게 쉴 수 있는 휴일은 눈을 뜨면 오후다. 그날 첫인사는 '좋은 점심'일 수밖에 없다.

"너는 꼭 아침부터 사람 기분을……."

엄마의 핀잔을 뒤로한 채 나는 욕실 문을 연다.

오늘은 먹물이다. 누군가의 초상화 위에 먹물을 엎어버린 모습이라 상상하면 된다. 거울 속 내 얼굴은 까맣게 지워져 있지만, 나는 세면대의 물을 틀고 얼굴을 깨끗이 씻는다. 손끝의 감각으로는 평소보다 부은 것 같은데 확실하진 않다.

인간은 하나의 감각기관을 잃으면 상대적으로 다른 기관이 발달한다. 시력을 잃은 사람이 소리와 촉각에 예민한 이유가 바로 이 때문이다. 하지만 나는 시력을 잃은 것이 아니다. 내 얼굴을 보지 못할 뿐, 여타 사람들처럼 정보의 90프로는 시각에 의존한다. 하여 매일 아침 열심히 얼굴을 더듬어봐도 손끝의 감각만으로 정확한 상태를 알 수 없다. 그래서 어떻게 하느냐고? 뭐, 모르는 채로 포기하고 산다. 얼굴이 부었든 아니든 솔직히 사람들은 타인의 외모에 별 관심이 없다.

이쯤 되면 누군가는 궁금해할 것이다. 저주에

걸린 걸까? 현대 의학으로는 해결할 수 없는 어떤 병에 걸렸나? 아직 세상에 공표되지 않은 낯선 바이러스 감염? 정신 질환 중 하나? 어떤 증후군? 그 대답은 거울 속 내 얼굴처럼 아무것도 없는 까만 무無다. 대체 무엇이 원인인지, 그 원인이 신체적인지 정신적인지 심리적인지조차 알 수 없다.

사람들이 말하는 명확한 원인과 결과는 과학에서나 통용된다. 인간의 삶에서는 이것이다, 할 수 있는 정확한 공식과 법칙이 성립될 수 없다. 악한이 꼭 벌을 받는 것도 아니요, 선한 사람이 반드시 복을 받는 것도 아니다. 솔직히 그냥 재수가 없거나 운이 나쁘면 뒤로 넘어져도 코가 깨지는 게 우리네 삶이다. 물론 반대의 경우도 있다. 누군가는 똑같이 넘어져도 동전을 줍는다. 마찬가지로 나는 왜 내 얼굴을 볼 수 없을까? 원인이 뭘까? 무슨 이유 때문일까? 아무리 생각해봐도 당장에 뾰족한 결론에 도달할 수 없다. 아마 앞으로도 찾기 힘들 것이다. 그러니 남들은 멀쩡히 잘만 가는데 나 혼자 넘어졌다고 화낼 필요가 없다. 그래 봤자 달라지는 건 없으니까. 그냥 지지리 재수 없었다, 생각하며 툭툭 털어낼 수밖에.

이렇게 말하면 또 누군가는 묻겠지. 어떻게 그토록 오랜 시간 자신의 얼굴도 모른 채 살 수 있느냐고. 그럼 나도 되묻겠다. 매일 아침 자신의 얼굴을 볼 수 있는 당신들은 얼마나 행복하냐고. 비꼬려는 건 아니다. 태어나 한 번도 자신의 얼굴을 보지 못한 인간만이 던질 수 있는 지극히 상식적인 질문이다. 더불어 인간은 지구상에서 적응이 가장 빠른 동물이다. 안 보고 살면 또 그런대로 적응된다. 솔직히 말해서 얼굴이 보이지 않아 가끔 편할 때도 있다. 그래도 나는 내 얼굴만 안 보일 뿐이다. 그 밖에 세상 온갖 것이 다 보이지 않는가. 시력과 청력을 다 잃은, 그럼에도 위대한 교육자가 되신 어떤 분에 비한다면 나는 의외로 가진 게 많다.

"인시울, 학교 안 가? 또 거울 앞에서 몇 시간씩 있지?"

나는 얼굴의 물기를 닦은 후 거실로 나온다.

욕실에 들어간 지 채 5분도 되지 않았는데 엄마는 또 몇 시간이란다. 인간이 적응이 빠른 동물이긴 하지만 세상 모든 상황에 완벽히 적응하는 건 아니다. 그 대표적인 예가 바로 모친의 잔소리다. 아빠는 그사이 출근한 모양이다. 아빠에 비해 엄마는 상대적으로 회사가 가깝고 출근 시간도 늦다. 고로 아침마다 나에게 잔소리를 할 시간적 여유가 많다는 뜻이다.

"엄마, 나 오늘 얼굴 어때?"

나는 식탁에 앉아 토스트 귀퉁이를 베어 문다. 우아하게 커피 한 모금을 마신 엄마가 어쩔 수 없다는 표정으로 한마디 툭 던진다.

"예뻐. 아주 아름다우십니다. 됐어요?"

언젠가부터 엄마는 아무렇지 않게 예쁘다, 귀엽다, 라는 말을 내뱉었다. 그만큼 시간이 오래 지났단 뜻일까? 아니면 인간은 적응 못지않게 망각도 빠르다는 의미일까? 어쨌든 나는 진정성이라고는 딸기 맛 과자의 생딸기 함량만큼도 없는 엄마의 대답을 빵 속에 집어넣고 잘근잘근 씹었다. 그냥 상태를 물어본 것이다. 나는 내 얼굴이 보이지 않으니까. 물론 여섯 살 때 온갖 병원을 전전한 후로는 단 한 번도 사실대로 고백하지 않았다. 거울 속 얼굴이 뿌연 안개에 갇혀 있다거나 블록으로 보인다거나 까맣게 색칠되어 있다고. 쇠라의 작품처럼 수많은 점이 찍혀 있다고도 말하지 않았다. 이실직고해봤자 믿지도 않을 테지만. 눈 코 입이 점묘화로 뒤덮이는 건, 그리 유쾌한 일은 아니다. 없던 환 공포증이 생길 것 같았으니까.

하여 매일 아침 물을 수밖에 없다. 오늘 내 얼굴은 어떻냐고. 양치한 후 입가에 치약이 묻지 않았는지, 코털 한 가닥이 삐져나왔거나 눈썹이 너무 우스꽝스럽게 자라지 않았는지를 확인해야 하니까. 이건 어디까지나 거울 없는 곳에서 옷을 입고 상대에게 묻는 것과 같다.

"아니, 얼굴 좀 부은 것 같지 않냐고?"

어젯밤에 몰래 과자를 먹는 게 아니었다.

"욕실에서 거울 봤을 거 아니야. 그걸 왜 나한테 물어."

나는 한숨을 내쉬며 자리에서 몸을 일으킨다.

하긴 누구를 탓할까. 세상에는 자신의 얼굴을 볼 수 없는 사람이 있다는 걸, 가장 가까운 엄마에 게조차 이해시킬 수 없는 몸인데. 이런 상황에 비하면 갈릴레이는 조금 덜 답답하지 않았을까. 어쨌든 지구가 돈다는 걸 과학적으로 증명할 수는 있었으니까. 세상이 못 보는 진실을 혼자 보는 것과 세상 모두가 볼 수 있는 사실을 혼자 못 보는 상황. 어느 쪽이 더 외롭고 답답한지는 여전히 잘 모르겠다.

방으로 돌아와 교복으로 갈아입는다. 머리를 하나로 묶고 가방을 어깨에 멘다. 교복 오케이. 머리도 그럭저럭 오케이. 가방에 노트와 필통과 문제집과 지갑이 얌전히 들어 있으니 오케이. 마지막으로 얼굴은 엄마가 별말 없으니 오케이라 생각한다. 거실로 나오자 엄마는 그사이 누군가와 통화를 한다.

"응, 엄마. 인 서방은 아까 출근했지. 시울이는 이제 학교 가고. 아! 나한테 전화하라고 했는데 엄마한테 바로 했구나."

할머니인 모양이다.

"다녀올게."

엄마가 잘 다녀오라는 눈빛으로 손을 흔든다. 나는 운동화를 신고 벌컥 현관문을 연다.

4

나는 속쌍꺼풀이 있다고 한다. 콧대는 아빠를 닮아야 했는데 엄마를 닮았단다. 한마디로 오똑한 것과 거리가 멀단 뜻이다. 콧대는 손의 감각만으로도 알 수 있다. 다행히도 아니, 안타깝게도 말이다. 입술은 도톰하지도 얇지도 않은 지극히 평범한 정도? 얼굴형은 사실 잘 모르겠다. 그냥 동글동글한 느낌인데 엄마는 젖살이라 한다.

곰곰이 생각해보면 다른 사람들도 거울에 비친 자신만 본다. 거울 속 얼굴은 좌우가 반전된 모습이다. 거울의 미세한 차이와 어떤 조명 아래 있느냐에 따라, 180도까지는 아니더라도 90도 정도는 충분히 달리 보일 수 있다. 고로 화장실 조명 아래와 안경 판매점에서의 모습이 절대 같을 수 없단 의미다. 게다가 사람들은 그마

저도 하루에 몇 번 보지 않는다. 물론 온종일 손에서 거울을 놓지 않는 나르키소스 같은 아이들도 있지만, 대부분의 사람이 하루 중 자신을 보는 시간은 과연 얼마나 될까. 그러니 다른 사람이 찍어준 사진이나 영상 속 자신의 얼굴을 보면 깜짝 놀라는 것이다. 어머, 세상에, 님은 누구세요? 스스로를 강력하게 부정한다.

"대학 합격하면 제일 먼저 아르바이트부터 구한다. 치사해서 내 돈으로 할 거라고."

라미가 아랫입술을 깨문다. 온종일 손에서 거울을 놓지 않는 나르키소스 중 한 명이다.

"내가 보기엔 그 정도 아닌데……"

나는 슬쩍 말끝을 흐린다.

"네 얼굴 아니라서 그런 거야."

뭐, 그럴지도 모르겠다. 하지만 내 얼굴 아니라서 더 객관적으로 볼 수 있지 않을까. 적어도 좌우 반전되거나 조명에 따라 달리 보이진 않을 테니까.

라미가 원하는 건 치아 교정이다. 치열이 치약 광고 속 모델 같다고는 할 수 없지만…… 솔직히 그렇게 고르고 하얀 치열을 가진 사람이 세상에 얼마나 된다고. 어쨌든 앞니가 살짝 고르지 않다. 그렇다고 치아 교정이 필요할 정도냐 하면 그건 또 아니다. 치과 의사도 웬만해서는 교정을 권하지 않는다고 했단다. 치아는 절대 함부로 뽑는 게 아니라는 소견을 들은 이상, 부모님이 순순히 교정을 허락할 리 없다.

"교정할 정도 아니라며?"

"그건 그 사람 말이고."

라미가 지나가는 행인1처럼 말한 그 사람을 우리는 치과 의사라 부르기로 했다. 그 분야에서는 최고의 전문가다. 물론 그중에는 환자를 오직 돈으로만 보며 과잉 진료하는 이들도 있지만, 적어도 라미에게 교정을 권하지 않는 의사는, 그렇기에 엄청나게 신뢰가 간다.

"왜 치아가 오복五福 중 하나인지 알겠다. 치아 예쁘게 태어난 것도 진짜 복이야."

그사이 라미는 손거울을 꺼내 또 이—를 해 보인다.

"일본에서는 앞니가 살짝 틀어진 게 귀여움의

상징이라며. 연예인들도 교정 안 한다더라."

"그건 그 나라 얘기고."

또 행인2가 지나간다는 투로 말한다. 나는 습관처럼 내 얼굴을 만진다. 자신의 얼굴을 볼 수 있다는 건 마냥 좋은 일만은 아닌 것 같다. 하지만 무려 18년이나 얼굴을 보지 못한 인간이라면 자신이 어떻게 생겼는지 당연히 궁금할 테지. 고로 나는 누구보다 내 얼굴이 궁금하다. 종종 사람들은 내 얼굴을 보고 말한다.

"눈은 아빠 닮았어. 하관은 영락없는 네 엄마다." "시울이 피부 좋은 것 봐라. 애는 오히려 신경 안 쓰니까 더 좋은 것 같아." "얼굴형? 글쎄, 동글동글한 편이지? 살 빠지면 갸름해지겠다."

누군가 "나 어떻게 생겼어?"라고 묻는다면 뭐라 대답해야 할까. 이것만큼 상대를 곤란하게 만드는 질문도 없을 것이다. 인간은 같은 인간의 외모를 정확하고 객관적으로 답해줄 수 없는 참으로 이상한 생명체다.

"너 정도면 귀엽지." "은근히 매력 있어." "너만의 독특한 개성이 느껴져." "착하고 성격 좋게 생졌어."

죄다 못생겼단 뜻이다. "그렇게 궁금하면 거울을 봐." 이 한마디가 가장 완벽한 정답이다.

"날씨 좋다. 이리 와봐. 우리 사진 찍자."

라미가 내 팔을 잡아끈다.

"등교하다 갑자기?"

"그럼 한 달 전에 미리 공지라도 올려야 하냐?"

말이 끝나기 무섭게 눈앞에 핸드폰이 떠오른다. 사진 보정 앱을 켜고, 소위 말하는 최상의 각도를 잘 맞춘다. 찍는다는 말도 없이 찰칵찰칵 소리가 들려온다.

"보내줄게."

주머니에서 진동이 느껴진다. 핸드폰 화면에 담긴 것은 입술을 앙다문 라미와…….

"인시울, 표정 자연스러운데?"

심령사진처럼 얼굴만 희뿌옇게 번진 내 모습이다. 거울은 물론이요, 사진, 동영상, 그림에서까지 나는 절대 내 얼굴을 볼 수 없다. 일관성은 있어서 좋다고 해야 할지 어떨지는 잘 모르겠다.

그러니 라미가 말한 자연스러운 내 표정이 뭔지 알 턱이 있나?

"라미 너도 좀 웃지."

"교정 끝나면."

"너는 인생의 기준이 전부 교정……."

라미가 툭툭 팔을 치고는 턱짓을 한다. 시선이 자연스레 턱 끝을 따라간다.

"강묵재다."

학교에서 누군가의 이름을 부르는 건 둘 중 하나다. 엄청 친하거나, 엄청 많은 소문을 끌고 다니는 애거나. 라미 성격상 친한 관계였을 턱이 아닌 손이 먼저 움직였을 것이다. 고로 묵재는 두 번째 경우다. 나는 멀어지는 키 큰 뒷모습을 바라본다.

5

나는 S중을 졸업해 K고로 진학했다. K고 맞은편에는 K중이 있다. 학교에는 자연스레 K중에서 건너온 아이들이 가장 많았다. 라미도 그중

한 명인데, 언젠가 내게 이런 말을 했었다.

'쟤 중학교 2학년 때 나랑 같은 반이었다? 한동안 유명했잖아. 아……, 너는 모르겠구나.'

나만 모르는 그 소문은 묵재의 이야기가 아니었다. 바로 묵재의 엄마 이야기다. 인적이 드문 늦은 밤, 한 여자가 건널목을 건너다 SUV 차량에 치여 숨졌다. CCTV 확인 결과 보행자 신호등은 붉은색이었다. 여자는 검은색 원피스를 입고 술에 취해 맨발로 길을 건넜다. 자살이라는 이들도, 술에 취해 상황 판단을 못 했다는 이들도 있었다. 하지만 대부분은 여자가 아닌 SUV 운전자를 안타까워했다. 다들 운전자가 무슨 죄냐며 탄식했다. 사람들은 그날 일을 새벽의 검은 원피스 사건이라 불렀다. TV에도 나왔던 사건인 만큼 한동안 동네가 떠들썩했다. 그런데 그 여자가 바로 묵재의 엄마라고 했다. 그 사실을 동네 사람들, 특히 같은 아파트에 사는 주민들은 모두 다 알고 있었다. 사건이 일어난 후, 묵재는 일주일간 학교에 나오지 않았다. 담임과 몇몇 학급 임원들만이 빈소에 다녀왔다고 했다.

'아파트 단지에서 개네 엄마 알코올중독자로 좀 유명했나봐. 나는 몰랐지. 같은 반이어도 그렇게 친하지 않았으니까. 가끔 학부모 상담 때 엄마 대신 아빠가 오는 것 같더라고. 근데 개 그 때는 되게 밝았어. 학교 행사 준비도 막 자기가 앞장서서 하고 그랬다니까. 실없는 농담도 얼마나 잘했는데. 남자애들 사이에서 별명이 피식맨이었나? 개가 말하면 피식 웃게 된다고. 여자애들 사이에서도 나름 인기 있었어. 키만 크고 말랐는데 의외로 농구, 축구, 배구까지 잘했거든. 전에 체육 선생님이 개보고 왼손에 왼발잡이라 볼 컨트롤 능력인가 뭔가 아무튼 특이하고 좋대. 뭐, 얼굴도 제법 곱상하게 생겼잖아.'

'그럼 학교 뒤집어놓은 것도 엄마 때문에?'

'엄마는 중2 때 돌아가셨다니까? 개 엄마 돌아가신 후에도 변한 게 없었어. 솔직히 더 편안해 보이더라. 우리 반에 개랑 같은 아파트 사는 애가 있었거든? 아빠랑 웃으면서 지나가는 거 봤다던데?'

'그럼 왜?'

내가 묻자 라미는 심드렁히 대답했다.

'뒤늦게 사춘기라도 왔나 보지.'

중학교 때부터 소문이 무성했던 묵재는 고등
학교에 진학해 한 번 더 학교를 뒤집어놓았다.
뭐, 같은 학교이니 그 사건은 나도 모르지 않았
다. 1학년 초여름이었다. 그 뒤로 한동안 담임을
비롯해 상담 선생님까지 늘 묵재를 주목했다. 그
러나 정작 당사자는 교실 뒤 사물함처럼 조용히
학교에 다녔다. 분명 있는데 전혀 없는 듯, 마치
내 얼굴처럼…….

"미쳤다. 뭐야. 진짜야?"

까르르 웃는 소리에 멍한 정신이 돌아온다. 나
는 친구들과 떠드는 라미를 바라본다. 웃음소리
가 너무 커서 저절로 시선이 갔다. 옆 친구의 어
깨까지 팡팡 내리치는 모습이 적잖이 웃긴 모양
이다. 앙다물고 있던 입술이 활짝 벌어졌다. 손
으로 입을 가리는 습관도 잊어버렸다. 그래서 다
행이라고 생각한다.

라미는 자신이 저렇듯 환히 웃을 수 있다는
걸 알까? 보는 사람까지 빙그레 미소 짓게 만드

는 기분 좋은 웃음의 소유자. 사실 나는 라미가 웃을 때 살짝 어긋나는 앞니가 귀엽다. 라미는 졸릴 때 새초롬한 표정이 된다. 집중할 땐 미간에 살짝 주름이 잡힌다. 맛있는 걸 먹을 땐 사랑스럽게 두 눈이 사라진다. 손바닥으로 턱을 괴고 빙글빙글 펜을 돌리며 공부할 때는 제법 지적인 모습이다. 순간순간 얼굴의 다양한 표정 변화를 모르는 사람은 바로 라미 자신이다. 거울 속 라미는 늘 입술을 앙다문다. 과장되게 볼을 부풀린다. 습관처럼 손으로 입을 가리고 있다. 목젖이 다 보일 정도로 크게 웃는 라미는, 거울과 사진 속에서 절대 존재할 수 없다. 이런 생각들을 하며 살짝 위로받는 스스로가 또 정말 싫다.

"라미야."

친구들과 까르르 웃던 라미가 고개를 돌린다.

"사진 찍어줄게."

"쉬는 시간에 갑자기?"

"그럼 한 달 전에 미리 공지라도 올려야 하나?"

핸드폰을 꺼내기 무섭게 아이들이 라미 주변

으로 모여든다. 허공에 손가락 하트와 브이가 가득하다. 하지만 누구도 목젖을 내보이며 웃지 않는다. 라미는 또다시 입술을 앙다문다. 버튼을 누르자 찰칵 소리가 난다. 이왕 찍어주는 거 좀 더 욕심이 생긴다. 나는 자리에서 일어나 이리저리 움직이며 버튼을 더 누른다. 사진 보정 앱은 사용하지 않았다. 라미와 친구들은 조금 전 정신없이 웃던 얼굴을 절대 보여주지 않는다.

잘 나온 사진 중 몇 장을 라미에게 전송한다. 순간 화면에서 생각지도 못한 인물을 발견한다. 카메라앵글을 넓게 잡다 보니 엉뚱한 얼굴도 함께 찍혔다.

"얘도 웃을 줄 아네?"

나는 슬쩍 창가를 곁눈질한다. 그곳에 창밖을 보는 강목재가 있다. 깔깔거리는 웃음소리에 자연스레 시선이 갔겠지. 온갖 예쁜 척을 하며 사진 찍는 모습에 피식 웃음이 났을 것이다. 그 순간 쉬는 시간이 끝났다는 종이 울린다. 잠시 뒤 앞문이 열리며 담임이 들어온다. 나는 책상 위에 수학 교과서를 꺼내놓는다.

"아침에 깜빡하고 전달사항 놓친 게 있어. 이번 주말에 교실 뒤 낡은 사물함 다 바꿀 거야. 사물함이 낡고 작다는 의견이 많았거든. 원래는 겨울방학 때 하기로 했는데 업체랑 약간의 착오가 있었다. 이번 주 안으로 사물함 싹 비워놔. 나중에 뭐, 없어졌다느니 사라졌다느니 해봤자 소용없어. 그리고 2학년 첫 중간고사 금방이다. 2학년 망하면 정말 망하는 거야. 정신 똑바로 차리고……."

담임의 잔소리는 교차로에서 꼬리물기하는 자동차들과 같다. 끝도 없이 줄줄이 늘어지니까. 그렇게 따분한 잔소리가 끝나면, 따분한데 지루하기까지 한 수업이 시작된다. 아이들은 수업 내내 자다 깨기를 반복한다. 수업 끝을 알리는 종이 울리자 비로소 눈을 뜬다. 좀비 바이러스에서 살아남은 마지막 생존자들이 따로 없다. 아니면 좀비 그 자체든가. 물론 거기엔 나도 포함된다. 사물함 꼭 비우라는 당부를 끝으로 담임이 사라진다.

나는 자리에서 일어나 교실 뒤로 간다. 낡아

칠이 벗겨진 사물함을 열어 교과서를 빼낸다. 몇 몇은 나처럼 일찌감치 사물함을 비운다. 라미도 자신의 사물함을 정리한다. 교과서 맨 위에 놓인 'Top secret'이란 제목의 책이 눈에 들어온다.

"그 책 뭐야?"

내가 묻자 라미가 빙그레 웃는다.

"우리 영어학원에서 만든 기출문제집. 학원 애들한테만 주는 건데."

라미가 말을 멈추고 잠시 주위를 살핀다.

"시울이 너 이거 복사할래? 중간고사 준비할 때 유용해. 이번 주 안으로만 돌려주면 되는데."

낮은 목소리로 슬쩍 책을 건넨다. 비록 내 얼굴은 볼 수 없지만, 성적표는 선명하게 볼 수 있다. 까맣게 번진 건 얼굴 하나로 족하다. 내 미래까지 굳이 검게 칠할 순 없다.

"고마워. 라미, 언니가 꼭 맛있는 거 사줄게."

"그럼 우리 언제 파스타하우스 가자."

라미는 고르곤졸라 피자와 베이컨 크림파스타를 좋아한다. 가격대가 좀 있긴 하지만, 기분을 내고 싶으면 용돈을 탈탈 털어 함께 간다. 갑자기 매콤한 터움바파스타가 먹고 싶다.

사물함에서 꺼내 온 교과서를 책상 서랍 속에 정리한다. 라미에게서 받은 기출문제집은 가방에 넣는다. 학원은 겨울방학 시작과 동시에 끊었다. 그냥 좀 쉬고 싶었다. 변화가 필요하다고도 생각했다. 새 학원을 알아봐야 하는데, 지금은 인터넷 강의에만 집중한다. 라미는 자꾸만 자기가 다니는 학원을 자랑하는 것도 모자라 영업까지 뛴다. 학원장이 알면 적잖이 감동하겠지만, 우리는 모두 알고 있다. 단짝과 학원에 같이 다니는 건 장점만큼 단점도 명백하다는 사실을. 솔직히 말하면 내 성적은 그럭저럭 나쁘지 않다. 뭐, 어디까지나 내 기준에서는 그렇다는 것이다. 거울 보고 얼굴의 콤플렉스를 찾은 후, 이걸 어떻게 커버할까, 아니면 갈아엎을까, 고민할 필요가 없으니까. 셀카를 찍어 보정을 한 후 SNS에 올릴 수도 없으니까. 그 시간만 절약해도 영단어를 몇 개나 외울 수 있는지……. 그래, 참 재미없는, 아주 서글픈 농담이다.

현관문을 열기 무섭게 훅 하고 음식 냄새가 풍겨온다. 거실에 들어서자 익숙하고도 낯선 얼굴이 앉아 있다.

"어! 할머니?"

반가움보다는 놀라움이 먼저 튀어나온다. 엄마가 뒤돌아 이맛살을 찌푸린다. 인사가 그게 뭐냐는 의미다. 그럼 뭐, 큰절이라도 올려야 하나? 아이고, 할머니. 이 누추한 곳에 무슨 일이십니까. 나는 엄마를 향해 입술을 비죽인다.

"우리 시울이 안 보는 사이에 또 컸구나."

주름진 눈가가 초승달 모양으로 접힌다. 나는 한 템포 늦게 꾸벅 고개를 숙인다.

"교복 갈아입고 너도 상 차리는 거 도와."

"됐다. 뭐, 번잡스럽게."

마른 나뭇가지 같은 손이 휘휘 허공을 내젓는다. 나는 방으로 들어와 옷을 갈아입고 욕실에서 손을 씻는다. 거울에 비친 커다란 검은 얼룩은 언제나처럼 모른 척한다.

저녁은 해물탕이다. 수산시장에서 신선한 해산물을 구매해 직접 손질할 만큼 엄마와 아빠는 시간적 여유가 없다. 더 정확히는 솜씨가 없다. 유명 해물탕집에서 아빠가 포장을 해 왔다. 그래서 천만다행이라고 생각한다.

"내일하고 모레까지 연차 썼어. 병원 같이 가요."

엄마가 말한다. 아빠가 낙지와 새우를 먹기 좋게 잘라 할머니 그릇에 놓는다.

"나 혼자 가도 되는데."

병원 얘기가 나오자 할머니는 잘못한 아이처럼 풀이 죽는다. 그러면서도 할머니는 새우와 낙지를 다시 집어서 내 접시에 옮겨놓는다.

"괜찮아요. 할머니 드세요."

"먹어. 한창 먹을 때 아니냐?"

"어머님, 며칠 푹 쉬다 가세요. 좋은 것도 많이 드시고요."

"병원 일 보면 바로 내려가야지. 나 때문에 인 서방도 불편할 텐데."

"무슨 그런 섭섭한 말씀을……. 그럼 저 시골 내려갔을 때 어머님은 불편하셨어요?"

"아이고, 큰일 날 소리. 먼 길 오느라 고생하는

게 짠해서 그렇지."

움푹 파인 회색 눈이 부드러운 반원을 그리며 사라진다. 2년 전 할머니 폐에 암이 생겼다. 다행히 초기에 발견해 간단한 수술만으로 완치되었다. 그 후에 경과도 나쁘지 않았다. 다만 연세가 있으시고 암이 또 언제 재발할지 모르니 정기적으로 검사를 해야 한다. 그 날짜가 내일인 모양이다.

짧은 대화 사이로 젓가락이 접시에 부딪히는 소리가 들린다. 보글보글 끓는 해물탕처럼 거실 공기가 따뜻하다. 아빠가 먹기 좋게 자른 해산물을 할머니 접시에 올린다. 그것들은 그 즉시 내 접시로 날아온다. 동시에 엄마가 눈을 흘긴다. 누가 달라고 그랬나? 나는 먹을 수도, 그렇다고 안 먹을 수도 없는 낙지와 전복을 내려다본다. 그렇게 조금은 어색한 저녁 식사 자리가 이어진다. 할머니가 오신 것만으로 집이 꽉 차게 느껴진다.

6

오늘 얼굴은 모자이크다. 방송에서 초상권 보호를 위해 얼굴을 뿌옇게 흐려놓은 모자이크 처리가 아니다. 각각의 또렷한 색이 규칙적으로 들어간, 주방 타일 같은 얼굴이다. 물론 이것도 얼굴이라 말할 수 있다면……. 무려 20년 가까이 이런 얼굴을 보니 나름 정이 간다. 아침마다 오늘은 어떤 얼굴일까, 은근히 설레기도 한다. 자! 지금부터 세상 모든 긍정을 먼지 한 톨까지 끌어와 생각해보도록 하자. 그럼 이렇듯 매일 다른 얼굴과 마주하는 일도 행운이라 여길 수 있다. 거울 너머 늘 똑같은 얼굴과 마주하는 것보다 덜 지루할 테니까.

다행히 할머니의 검진 결과는 괜찮다고 한다. 엄마는 금요일인 오늘까지 연차다. 내일 아빠와 함께 할머니를 시골까지 모셔다드릴 계획이다. 밭일이며 이웃 품앗이까지 할머니의 하루는 웬만한 직장인들보다 바쁘다. 엄마에게 톡이 날아온 건, 학교가 끝날 무렵이었다.

―끝나면 바로 전화해.

나는 팔랑팔랑 라미에게 손을 흔든 후 통화 버튼을 누른다.

"엄마, 왜?"

사람들이 스쳐 가는 거리에 혼자 서서, 나는 랩하듯 쏟아내는 엄마의 이야기에 귀를 기울인다. 그 말을 정리하자면 다음과 같다. 엄마는 할머니의 한약을 짓기 위해 한의원에 갔고, 진료를 본 후 나란히 앉아 약을 기다리는 중이었다. 그런데 사무실에서 급한 연락이 와서 엄마는 지금 회사로 돌아가는 중이다. 아빠는 오늘 거래처와 중요한 미팅이 있다고 했다. 결국 할머니는 지금 한의원에 혼자 계신다는 뜻이다.

"엄마가 지금 학교 앞으로 택시 보낼게. 그거 타고 곧바로 한의원으로 가. 접수대에 엄마 카드 맡기고 왔어. 그걸로 계산하면 약은 알아서 택배로 보내줄 거야. 오늘 네가 할머니 모시고 밖에서 저녁 좀 먹어. 너, 엄마 생일날 갔던 그 고깃집 알지? 할머니 모시고 가."

"내가?"

"택시 부르고 번호 보내줄게."

그렇게 엄마의 일방적인 전달 사항은 끝났다. 정확히 2분 후에 택시가 내 앞에 멈춰 섰다. 얼떨결에 뒷자리에 몸을 구겨 넣으며 나는 폰으로 엄마가 말한 고깃집을 검색했다.

한의원 문을 열자 의자에 다소곳이 앉아 있는 할머니가 보인다. 할머니? 부르자 주름진 얼굴에 금세 화색이 돈다. 마치 잃어버린 엄마를 찾은 아이 같은 느낌이다.

"뭣 하러 비싼 한약은 짓는다고 우리 강아지까지 이리 고생을 시킬까? 미안해서 어째."

마른 가지를 닮은 손이 내 얼굴을 쓰다듬는다. 거칠고 뻣뻣한 느낌이 피부에 선명하다. 내 얼굴의 윤곽도 또렷해지는 순간이다. 내가 나를 만지는 것과 타인의 손길은 완전히 다르니까.

"여기가 엄청 유명한 곳이라더라. 그럼 약값도 비쌀 텐데. 늙은 고목에 거름 준다고 꽃 안 핀다. 삼시 세끼 잘 먹으면 됐지. 약은 없었던 걸로 안 될까?"

주름진 눈가가 처지며 팔자八를 그린다. 엄마

와 아빠 앞에선 할머니는 늘 미안한 얼굴이 된다. 오래전 어린 내 손을 잡고 여러 병원을 전전하던 엄마도 비슷한 얼굴이었다. 하면 안 되는 실수를 한 듯 어쩔 줄 몰라 하는 미안한 표정. 어린 마음에도 엄마의 그런 얼굴이 싫었다. 그래서 보이지 않는 얼굴이 보이는 척했다. 아무렇지 않은 척했다. 나는 문득 다행이라 생각한다. 지금 할머니의 표정을 엄마가 보지 않아서.

"괜찮아요. 요즘은 옛날처럼 안 비싸."

옛날을 살아온 분에게 옛날을 얘기하는 게 웃기지만 나는 그렇게라도 할머니를 안심시킨다. 접수처로 가서 할머니와 엄마 이름을 말한다.

"아, 따님이시구나. 안 그래도 보호자분이 말씀하셨어요. 엄마 많이 닮으셨네요."

내 모자이크가요? 말하려다 나는 애써 선웃음을 짓는다.

"결제 도와드릴까요?"

나는 고개를 끄덕인다. 진료비와 한약값은 곧바로 엄마 핸드폰에 찍힐 것이다. 그 몇 개의 숫자가 미안함을 밥처럼 먹고 자란 딸의 마음을 가볍게 해줄까? 많이는 아니고 아주 조금, 그 조금의 조금, 어쩌면 그 조금의 한 귀퉁이 정도는 가볍게 해줄지도 모르겠다. 그러기 위해선 열심히 살아야 하고 돈도 많이 벌어야 한다. 할머니의 딸도, 그 딸의 딸 역시도.

나는 할머니를 모시고 밖으로 나온다.

"할머니, 뭐 드시고 싶으세요? 엄마가……."

그 순간 주머니 속 핸드폰이 몸을 떤다. 엄마한테는 조금 전 보고를 다 끝냈는데, 그사이 또 당부할 말이 있는 모양이다. 핸드폰을 꺼내자 화면에 찍힌 건 라미였다.

"어, 왜?"

"시울아, 영어 기출문제집 복사 다 했어? 나 오늘 그거 필요한데?"

손이 저절로 이마를 짚는다. 복사해야지, 가방에 넣어놓고 까맣게 잊고 있었다.

"오늘 문제집 풀이하는데……. 너 지금 어디야? 나 수업 전이거든. 내가 너희 집 쪽으로 갈게."

나는 서둘러 주위를 둘러본다. 다행히 학교에

서 그리 멀지 않은 곳이라 라미가 다니는 학원
도 이 근처였다.

"나 지금 밖이야. 문제집은 가방 속에 있어."

일단 학원 방향으로 뛰어야 하는데 관절이 안
좋은 할머니는 절대 그럴 수 없다. 그렇다고 길
한복판에서 기다리시게 할 수도 없는 노릇이다.
나는 걸음을 옮겨 한의원 1층 카페 문을 벌컥 연
다. 지금 오른쪽에는 내 손을 꼭 잡은 할머니가,
왼쪽 주머니에는 세상 무적 엄마 카드가 있다.
우선 잔뜩 긴장한 할머니를 편안히 자리에 앉혀
드린 다음 최대한 아무렇지도 않은 듯 웃어 보
인다. 비록 내 얼굴은 볼 수 없지만 내 얼굴근육
이 뻣뻣하게 움직이는 것은 안다.

"할머니, 커피 드시죠?"

"나는 이런 데서 파는 비싼 건……."

"알았어요. 할머니, 잠깐만요."

할머니 댁에 있는 인스턴트 믹스커피가 떠오
른다. 할머니가 커피를 고르는 기준은 딱 하나
다. 농협마트에 장을 보러 갔을 때 세일 행사를
하는 상품. 할머니에게 캐러멜 마키아토는 너무

달 것이다. 라테가 그나마 믹스커피와 가장 비슷하지 싶다.

"따뜻한 라테 한 잔 주세요."

"죄송합니다. 손님 한 분당 음료 하나씩 주문 부탁드리겠습니다."

직원이 흘낏 할머니를 곁눈질한다. 어쩔 수 없다. 나는 카푸치노 한 잔을 더 주문한다. 그래, 카푸치노가 식기 전까지는 돌아올 테니까. 갑자기 화웅을 치러 가는 관우가 된 기분이다.

주문한 커피는 바로 나왔다. 두 개의 머그잔이 테이블에 놓이고 할머니가 신기한 듯 우유 거품을 내려다본다.

"할머니, 나 친구한테 책 좀 주고 금방 올게요. 여기서 10분, 아니 5분만 기다리세요."

나는 그야말로 빛의 속도로 카페에서 튕겨 나온다. 급하기도 하지만, 할머니가 또 미안한 얼굴이 되기 전에 사라지고 싶다.

예상대로 라미의 학원은 그리 멀지 않았다.

"미안. 내가 깜빡했다."

"복사는?"

"나중에. 너 빨리 가."

빨리 가야 하는 건 나도 마찬가지다. 나는 라미에게 문제집을 던지듯 건네주고 뒤돌아 뛴다. 그리고 알게 되었다. 체력은 비단 연세 많으신 할머니만의 문제가 아니라는 걸. 저만치 카페가 보인다. 나는 달음박질을 멈추고 허벅지에 두 손을 얹는다. 그 즉시 심장이 거칠게 육두문자를 내뱉는다. 쿵쾅 씨. 쿵쾅 씨. 아우, 진짜 쿵쾅 씨. 소리가 귓가를 울린다. 크게 심호흡한 뒤 는적는적 걸음을 옮기는데 돌연 두 다리가 멈춰 선다. 카페 유리 벽 너머에 낯익은 할머니가 앉아 있다.

할머니는 두 손으로 조심히 머그잔을 쥐고는 한 모금 또 한 모금 커피를 마신다. 아니, 음미한다. 우유 거품처럼 부드러운 미소가 주름진 입가에 번진다. 할머니가 잔을 내려놓고는 카페 곳곳에 시선을 둔다. 딱히 별다를 것 없는 모습이다. 그런데 할머니의 환한 얼굴이, 그 안온한 미소가 보이지 않는 파도가 되어 가슴 깊숙한 곳까지 밀려든다. 할머니는 지금 카페에 앉아 혼자만의 시간을 즐긴다. 나는 유리 너머에 있는 할머니를 바라보다 카페로 다가간다. 문을 열자 차임벨 소리가 울린다.

"오래 기다리셨죠?"

"아니야. 볼일 있으면 더 보고 와도 되는데."

할머니가 커피를 한 모금 더 마신 후, 마른 낙엽 같은 손으로 입가를 닦는다.

"커피 어때요? 좀 덜 달죠?"

"참 부드럽다. 쌉싸름하니 맛있어. 이런 데서는 네 엄마가 마시는 시커멓고 쓴 커피만 있는 줄 알았는데 이런 부드러운 것도 파는구나."

"엄마가 마시는 건 아메리카노. 이건 카페라테요. 우유커피."

"내가 뭐, 말해주면 아나?"

할머니가 웃는다. 그러고는 우유가 들어갔구나? 조용히 읊조린다. 나는 따뜻한 카푸치노를 할머니 앞에 둔다.

"이것도 한번 드셔보세요."

"아이고, 아니다. 그건 시울이 네가……."

할머니는 도리질도 모자라 손사래까지 친다.

"한 입만 드셔보세요. 이건 카푸치노라고, 더 부드러울 거예요."

내가 재촉하자 할머니는 돌연 신기한 물건을 본 어린아이처럼 궁금한 얼굴이 된다.

"그럼 맛만 봐볼게."

카푸치노를 마시는 할머니는 진지하다. 아니, 경건해 보이기까지 한다.

"커피에서 계피 향이 나네. 뭐 이런 맛이 다 있을까? 나는 그래도 이쪽이 좀 더 낫네."

할머니가 잔을 내려놓고는 움푹 파인 회색 눈으로 카페를 한 바퀴 둘러본다.

"여기는 참 예쁘게도 꾸며놓았다. 옛날 예배당처럼 잔잔한 피아노 소리도 들리고."

내 시선도 카페 곳곳으로 날아간다. 특별히 눈에 띄는 인테리어는 아니다. 카페 하면 누구나 쉽게 떠올릴 수 있는 그저 그런 분위기다. 공기 중에 진한 커피 향이 떠다니고 벽에 감각적인 팝아트 작품이 걸려 있다. 둥근 모양의 테이블과 원목 의자가 놓여 있다. 귀에 거슬리지 않는 잔잔한 뉴에이지 피아노 곡이 흘러나온다. 거리거리 골목골목 건물과 건물마다 하나씩은 있는 곳이다. 너무 많고 너무 평범해 다소 식상하기까지 한 장소. 그런데 할머니는 어쩌면 75년 인생에서 처음으로 카페의 문을 열고 들어왔는지도 모른다. 지극히 낯설고 이상한 공간, 마치 이국의 생경한 도시처럼.

할머니의 주름진 얼굴에 어리는 즐거움이 말한다. 나는 오늘 이토록 예쁜 곳에서 세상에서 가장 부드러운 커피를 마시고 있다고. 그것이 참좋다고 말이다. 75세 할머니는 카푸치노보다 카페라테를 더 좋아한다. 그 특별할 것 없는 취향을 나는 오늘에서야 처음 알게 되었다. 그건 어쩌면 할머니도 마찬가지일 것이다.

"오늘 엄마가 할머니 저녁 사드리라고 했어요. 뭐 드시고 싶으세요?"

"뭘 사줘, 사주긴. 나야 우리 시울이가 먹고 싶은 거 먹으면 되지. 이 할미가 사줄게."

"엄마가 이 근처에 소고기……."

나는 말을 멈추고 할머니를 바라본다.

"할머니, 진짜 나 먹고 싶은 거 먹으러 가도 돼

요?"

엄마도 회사에 급한 일이 생길지 몰랐을 거다. 나 역시 할머니와 카페에 마주 앉아 커피를 마실 줄은 전혀 몰랐다. 원래 삶이 다 그렇다. 모든 일은 갑작스레 생긴다.

"그럼, 우리 강아지 먹고 싶은 거 먹어야지."

할머니가 웃으며 고개를 끄덕인다. 주름진 얼굴 위에 고운 초승달이 뜬다.

7

할머니는 또 잔뜩 기가 죽어 있다. 내 손을 꼭 잡고 작은 몸을 움직여 조심스레 들어온다. 엄마는 한시라도 서두르란 의미에서 택시를 불렀지만, 여긴 라미의 학원 근처다. 학교에서도 멀지 않다.

"여……, 여기는 뭐를 파는 곳이냐?"

"파스타 전문점이에요."

고로 가끔 용돈을 탈탈 털어 오는 파스타하우스도 근처에 있다. 오늘은 '절대 반지'보다 강력

한 엄마 카드를 손에 넣었다. 나는 지금 세상에
무서울 게 없다.

"할머니, 뭐 드실래요?"

"할미가 뭘 알아. 나는 이런 데서 뭐 시켜 먹을
줄 모른다. 그냥 우리 강아지 먹고 싶은 걸로 다
시켜."

할머니는 연거푸 물만 마신다. 할머니 입맛에
는 부드러운 버섯 리소토가 좋을까? 아니면 담
백한 봉골레파스타? 아니면 가장 무난한 토마토
파스타는 어떨까? 메뉴를 보며 고민하다, 나는
이내 고개를 내젓는다. 이곳에 온 목적이 분명한
만큼 괜한 고정관념은 금물이다. 나는 손을 들어
종업원을 부른다.

"그런데 이런 곳에 나 같은 늙은이가 와도 되
는지 모르겠다."

늦은 오후 파스타하우스는 손님들이 가득하
다. 한두 테이블은 눈에 익은 교복들이다. 나머
지는 대부분 2, 30대들이다. 적어도 외모만 보면
그렇다는 것이다. 할머니가 연신 주위를 살피는
이유를 알 것 같다. 초대받지 못한 파티에 온 듯,

할머니 얼굴이 점점 더 어색해진다.

"이런 곳이 뭔데요. 여긴 그냥 식당이에요."

할머니를 향해 내가 지을 수 있는 가장 환한 미소를 짓는다. 물론 그 웃음이 어떻게 보일지 정작 나는 알 수 없다.

잠시 뒤 종업원이 다가와 능숙한 몸짓으로 서빙을 본다. 두 사람 앞에 터움바파스타와 파네크림파스타 그리고 고르곤졸라 피자가 놓인다. 할머니는 음식들을 보며 당혹감을 감추지 않는다. 뭐야? 이게 진짜 먹는 거라고? 싶은 황당한 표정이다. 할머니의 입맛과 취향을 생각하면 고깃집이 더 괜찮았을지도 모르지만, 문득 그런 생각이 들었다. 과연 누가 할머니의 진짜 취향을 알고 있을까. 어쩌면 할머니 본인조차 모르지 않을까. 내가 아무리 노력해도 내 얼굴을 볼 수 없는 것처럼. 할머니는 자신의 취향을 발견할 수 있는 노력조차, 아니 그런 기회조차 없었는지도 모른다.

나는 눈앞의 75세 할머니를 잠시 잊는다. 카푸치노보다 카페라테를 좋아하고 동네 카페를 마음에 들어 하는 최옥분 씨만 생각한다. 할머니와 나, 우리 둘이 조금 색다른, 어쩌면 지극히 평범한 저녁을 먹으면 어떨까 싶었다. 이왕이면 할머니가 쉽게 접하지 못한 메뉴로. 그러자 메뉴 선택이 다양해졌다. 물론 어디까지나 나의 주관적 결정이었지만. 하여 최옥분 씨를 엄마로 둔 어떤 사람은 나의 이 제멋대로인 결정을 절대 반기지 않을 것이다.

"이게 다 뭐냐?"

"이게 파네 크림파스타거든요."

"파……파네?"

할머니가 음식 이름을 중얼거린다. 나는 크게 고개를 주억거린다.

"빵이란 뜻이래요. 빵 속에 파스타가 들어 있는 거. 맛있어요."

할머니의 눈이 빵처럼 동그래진다.

"그러니까, 이 그릇이 다 빵이고, 그 속에 가락국수가 들어갔구나?"

"네. 뭐, 그렇죠?"

나는 아하하 부러 과장되게 소리 내어 웃는다.

그렇게라도 할머니의 긴장을 풀어주려 한다.

"이……이걸 어떻게 먹냐?"

"그냥 면 드시고 빵은 그 크림소스에 찍어 드시면 돼요."

라미는 파네를 먹을 때마다 담겨 나온 접시까지 빵이어야 한다며, 아쉬워했다.

"참 이 나이에 빵 그릇에 나오는 국수도 먹어보고 참 호강한다."

"할머니, 이게 뭐가 호강이에요."

"호강이지. 이런 곳은 테레비 연속극에서나 봤다."

할머니가 서툰 손짓으로 파스타 한 가닥을 입에 넣는다. 빵 귀퉁이를 조금 잘라 소스에 찍어 드신다. 그러고는 한참을 오물거리며 유심히 맛을 음미한다.

"어때요? 할머니 입맛에는 좀 느끼할 수도 있는데."

"참 고소하고 부드럽네."

모진 세월이 할퀴고 간 주름이 둥글게 미소 짓는다.

"좋다. 아주 좋아."

"다행이다. 생각보다 맛 괜찮죠?"

"그래. 너도 얼른 먹어. 많이 먹어라."

할머니가 어서 먹으라는 듯 손짓한다. 나는 면을 감아 한 입 크게 먹는다.

"내가 네 나이 때는 참 억센 것만 먹었다. 그것마저 배부르게 먹지 못했는데. 우리 강아지는 이렇게 부드럽고 맛난 것 실컷 먹을 수 있으니 얼마나 세상이 좋아졌냐. 참 다행이다."

씹을 새도 없이 넘어가던 파스타가 턱 하고 목에 걸리는 기분이다. 왜 자꾸 할머니한테 미안한 감정이 드는지 알 수 없다.

"할머니, 이건 고르곤졸라 피잔데요. 일반 피자보다 얇고 토핑도 없지만, 저는 치즈의 진한 맛에 먹는 거라. 아! 맛이 강하면 꿀 찍어 드세요."

나는 피자 한 조각을 할머니 접시에 놓는다.

"이게 피자야? 뭔 계란 지단처럼 생겼냐."

할머니가 조심히 피자 한 입을 베어 문다. 귓가에 풋! 웃음소리가 들려온다.

"생긴 건 되게 심심해 보이는데 의외로 짭짤하다."

할머니의 표정이 사뭇 진지하다. 맛을 보는 게 아니라, 새로운 음식의 낯선 맛을 탐색하는 것 같다. 그런 할머니와 마주하는 게 나 역시 낯설고 또 즐겁다. 문득 이 순간을 그냥 흘려보내기엔 너무 아쉽다는 생각이 든다. 나는 주머니에서 핸드폰을 꺼낸다.

"할머니, 사진 찍어드릴게요."

"아이고, 흉하게. 쪼그랑 늙은이 찍어 뭐 하게."

"나 지금 할머니랑 데이트하잖아. 그거 기념하려고요."

데이트라는 말에 할머니가 슬쩍 얼굴을 붉힌다. 자, 찍을게요, 말하자 화면 가득 환한 미소가 번진다. 셔터를 누르기 직전 앵글 속 할머니가 조금씩 변해간다. 까맣게 핀 검버섯과 굵고 선명한 주름이 사라진다. 움푹 파인 회색 눈이 커지더니, 또렷하게 반짝이는 검은 눈동자가 된다. 푸석하고 짧은 곱슬머리가 풀어져 귀밑에서 찰랑거린다. 바람에 까만 비단이 흔들리듯 흑단 머리카락이 남실거린다. 지금 눈앞에 있는 사람은 75세 최옥분 씨가 아니다. 두 볼이 통통하고 발갛게 달아오른 열다섯 옥분이다.

"여기 참 신기하고 좋다. 다 맛있어."

옥분이가 말한다. 옥분이가 웃고 옥분이가 행복해한다. 나는 그 생기 가득한 얼굴을 화면에 담는다. 찰칵 소리가 뾰족하게 목울대를 찌른다.

"할머니, 내 얼굴 어떻게 생겼어요?"

생각지도 못한 질문이 멋대로 튀어나왔다. 온기 어린 시선이 내 눈을 향한다.

"아주 예쁘지. 이 할미 눈에 우리 시울이보다 예쁜 사람은 없다."

"그런 거 말고요. 진짜 나 어떻게 생겼냐고요."

무슨 대답을 원하는지 모르겠다. 오늘따라 자꾸만 엉뚱한 행동과 이상한 말이 튀어나온다. 어쩌면 나는 옥분 씨와 함께하는 이 시간이 생각보다 편안한가 보다. 할머니가 가만히 손에 쥔 포크를 내려놓는다.

"얼굴에서 빛이 나지. 이 할미 어릴 적에는 새

벽같이 일어나 밭에 김매러 가야 했어. 졸린 눈을 비비면서 간신히 밭에 가면 풀마다 방울방울 이슬이 맺혀 있었다. 여름에는 해가 일찍 뜨잖냐? 그 햇볕에 비친 이슬들이 참으로 예뻤다. 반짝반짝 빛나는 것이 보석 같기도, 밤새 하늘에서 내려온 별이 매달려 있는 것도 같았지. 가만히 보고 있으면 아이고, 예뻐라 소리가 절로 나온다. 그때 우리 엄마가 그러더라. 옥분아, 너도 풀에 맺힌 이슬 같다. 네 얼굴도 그렇게 빛난다. 그거야 내가 우리 엄마 딸이니까 예쁘고 맑게 보이겠지, 했다. 그런데 나이가 들수록 그 말이 뭔지 알겠더라. 이슬은 하루를 여는 신호가 아니겠냐. 뭐든 시작할 수 있는 푸릇푸릇한 생기랑 똑같지. 그러니 얼마나 반짝이겠냐. 우리 엄마는 내 얼굴에서 그 생기를 본 거야. 그런데 정작 본인은 보지 못하지. 내 안에 얼마나 많은 것들이 있는지."

할머니의 입가에 쓸쓸한 미소가 지나간다.

"하긴 그 시절에는 더 그랬지. 여자 팔자 피는 게 하나밖에 더 있었냐? 얌전히 집안일 배워서 시집 잘 가는 것이 최고라 생각했지. 안 되더라도 좀 해볼 걸 그랬다."

"뭐를요?"

내가 묻는다. 할머니, 아니 옥분이가 긴 한숨을 내쉰다.

"공부 좀 시켜달라고. 소 팔고 논 팔아서 오라비들처럼 나도 중학교 보내달라고 떼라도 써볼 것을. 그렇게 반짝반짝해 보이면 더 빛나도록 닦아달라고 말이다. 그게 좀 후회가 된다."

답답하고 안타까운 세상이었다. 그 암흑 속에서 얼마나 많은 가능성과 지혜와 꿈들이 사라졌는지. 아침 이슬보다 반짝이던 것들이 스러져갔는지. 생각할수록 가슴이 조여온다. 나는 지금 그 여린 빛 하나를 눈앞에 마주하고 있다.

"세상이 참 좋아졌지 않아. 그러니 더 많이 반짝이고 빛날 수 있는 게 아니냐. 내 눈에 너도 그렇게 보인다. 시울이 너는 아주 많이 반짝거린다."

그 가능성의 빛을, 넘어지면 툭툭 털고 일어날 힘을, 정작 본인은 제대로 볼 수 없다. 나도 다르

지 않을 것이다. 절대 시각적 문제를 운운하는
게 아니다. 그냥 인간의 삶이 그렇게 흘러간다.
지난 후에야 비로소 볼 수 있는 것들이 참 많다.
안타깝고 아프게도…….

할머니가 허공에 휘휘 손을 젓는다. 늙은이가
괜한 주책이라며 엷게 웃는다.

"음식 식겠다. 어서 먹어라."

나는 간신히 면 한 가닥을 입에 넣는다. 주방
장이 바뀐 모양이다. 그사이 터움바파스타가 너
무 매워졌다. 코끝이 찡하고 목울대가 따끔거린
다. 가슴이 얼얼할 정도로 아주 맵다.

쌈짓돈을 꺼내려는 할머니를 간신히 말리고
는 나는 당당히 천하무적 카드를 카운터에 내민
다. 파스타하우스를 나오기 무섭게 엄마에게서
전화가 온다.

"인시울, 너 지금 어디야. 할머니는 어디 계
셔?"

"할머니랑 같이 있어."

"얘가 지금 카드를 어디서……."

"나중에 얘기해. 저녁 다 먹었으니까 지금 할

머니랑 집에 간다."

카페부터 파스타하우스까지 날아오는 알림마다 이상했겠지. 사실 나도 할머니를 모시고 이런 곳에 올 거라고는 상상하지 못했다. 그런데 오게 되었다. 오늘 데이트는 나름 만족이다. 그런데 정작 최옥분 씨는 어땠는지 잘 모르겠다. 한 가지는 알고 있다. 최옥분 씨의 이슬 같은 따님은 전혀 흡족해하지 않으리라는 사실을…….

"피자 이름이 골라골라인가? 지단 부쳐놓은 것처럼 얄팍해서 뭐 먹을 게 있나 싶었는데, 중국식 호떡처럼 바삭하니 짭짤해서 자꾸 손이 가더라. 빨래 뭐라 하는 건 빵 속에 하얀 가락국수를 넣었더라고. 아! 그러고 보니 서양 사람들도 삭힌 고추를 먹더라. 동글동글하니 고추 같지는 않던데. 하긴 외래종이 토종이랑 같겠냐? 아삭아삭한 맛은 있었어. 그런데 풋고추보다 부드러운 맛은 좀 덜해. 아이고, 그래도 제법 톡 쏘는 것이 맵더라고."

우리 엄마 호강했네. 신여성이 다 됐네, 하면

서도 엄마는 나에게 슬쩍 눈을 흘긴다.

"예식장 가면 늘 먹던 것만 먹었지. 괜히 이상한 거 가져와서 못 먹고 버리면 어쩌나 싶어서. 어떻게 먹는 건지도 모르고. 그런데 이제는 좀 알 것 같아."

할머니 얼굴에 감출 수 없는 뿌듯함이 어린다. 덩달아 내 어깨도 으쓱해진다. 오늘 최옥분 씨의 모험은 이렇게 막을 내렸다.

TV를 보던 할머니가 꾸벅꾸벅 존다. 엄마가 잠에 취한 할머니를 서재로 모시고 들어간다. 잠시 후 문이 열리더니 최옥분 여사의 따님께서 조용히 밖으로 나온다.

"인시울, 나 좀 보자."

스타카토처럼 뚝뚝 끊기는 건조한 목소리가 날아든다. 그 순간 본능적으로 느낄 수 있었다. 이제 곧 잔소리의 쓰나미가 몰려오리라는 사실을. 그리고 안 좋은 예감은 언제나, 반드시, 기어코, 현실이 된다는 것도 잘 알고 있다. 엄마가 문을 빠끔히 열어놓은 채 안방으로 들어간다. 오늘 아빠는 회식이라 늦는단다. 아! 이런 날 하필.

"할머니는 맨날 된장찌개에 김치만 놓고 식사를 하셔. 그래서 이렇게 올라왔을 때만이라도 영양가 있는 것 좀 드시게 하고 싶어서 그래."

"알아. 그런데……."

"누가 몰라? 할머니가 무조건 너 좋아하는 거 먹자고 했겠지. 아무리 그래도 어떻게 카페에서 커피 마시고 파스타를 먹으러 갈 생각을 해. 너 그렇게 철이 없어?"

엄마의 걱정도 모르는 바는 아니다. 파스타나 피자가 영양학적으로 썩 좋지 않다는 사실도 잘 안다. 하지만 모든 사람이 영양만 따지면서 음식을 먹지는 않는다. 맛과 분위기, 기분에 따라 메뉴가 좌우된다. 할머니도 하루쯤 그래도 되지, 아니 그래야 하지 않을까?

"엄마는 알아? 할머니가 카푸치노랑 카페라테 중에 뭘 더 좋아하는지? 엄마는 한 번도 할머니랑 카페에 안 가봤으니까 모를 거야. 할머니 고르곤졸라 피자 되게 좋아하셨어. 크림파스타도 부드럽고 맛있대."

"그거야 네가 좋다고……."

"엄마, 할머니 취향 알아? 할머니 예쁜 곳, 잔잔한 음악, 커피 향 되게 좋아하셔. 엄마 눈에는 할머니 얼굴에 주름살만 보이지, 그 너머는 안 보이잖아."

물론 알고 있다. 늙어가는 엄마를 지켜보는 딸의 마음이 어떠한지를. 싫다는 할머니를 기어이 한의원에 데려가는 게 무슨 의미인지 알고 있다. 나도 엄마의 흰머리가 속상하다. 나이가 들어 자꾸만 깜빡깜빡한다는 말도 싫다. 그러니 세월에 깎이고 시간에 마모된 할머니를 보는 엄마의 심정이 어떨지 누구보다 잘 이해할 수 있다. 그러나 할머니의 주름진 얼굴 그 너머에는, 여전히 세상 모든 게 신기하고 재미있는 어린 소녀가 있다.

나는 핸드폰을 열어 엄마에게 넘긴다.

"상의 없이 멋대로 한 건 미안해. 하지만 할머니 진짜 즐거워하셨어."

사진을 보는 엄마의 두 눈이 살짝 붉어진다.

"……너 나중에 나 늙어도 꼭 이렇게 해줘야 해? 새로운 데 데려가고 신기한 것도 보여줘야 해."

엄마가 훌쩍 코를 들이마신다.

"싫어."

"어쭈? 왜?"

"엄만 안 늙을 거니까. 절대로."

이번에는 내가 훌쩍 코를 마신다. 나는 내 얼굴을 볼 수 없다. 하지만 거울 속에 비친 모습은 늘 다채롭다. 안개에 싸여 있거나, 검게 물들어 있거나, 이상한 꽃이 만발하거나, 동그라미가 가득 차 있거나, 색색의 블록인 적도 있었다. 이렇듯 기묘한 삶을 살다 보니 아침마다 새로운 모습을 보는 것도 하나의 유희가 됐다. 그런데 매일 보는 엄마의 얼굴은 늘 똑같다. 아니, 똑같다고 믿었다. 그런데 거울 속 나의 모습처럼 엄마의 매일매일도 조금씩 변해가고 있었다. 조금씩 세월에 물들어가고 있었다. 익숙함이란 안개에 가려져 나는 그걸 보지 못했다. 애써 못 본 척했다.

"너 때문에 제일 늙어. 속이나 썩이지 마."

엄마가 허공에 종주먹을 세운다. 덕분에 아프

도록 시큰거리던 콧잔등이 편안해졌다.

"할머니 사진, 나한테 보내."

나는 가만히 핸드폰을 내려다본다. 화면 속에
는 열다섯 최옥분이, 다양한 이탈리아 음식을 앞
에 둔 채 웃고 있다. 새벽이슬처럼 영롱하고 반
짝이는 미소다.

8

할머니는 다시 시골로 내려가셨다. 주말은 억
울할 만큼 빠르게 지나간다. 오늘은 종이에 색색
의 물감을 흩뿌려놓은 모양이다. 얼핏 보면 꼬마
의 낙서처럼도 보인다. 거장의 심오한 추상화 작
품처럼도 느껴진다. 그것이 오늘 거울에 비친 내
얼굴이다.

교실 뒷문을 열자 훅 하고 낯선 냄새가 풍겨
온다. 체육이 끝난 뒤의 시큼한 땀 냄새도, 점심
시간 후의 여러 음식이 섞인 냄새도 아니다. 뭔
가 싸하고 이상한 냄새가 고여 있다. 처음에는
반을 잘못 찾았나 싶었다. 자세히 보니 교실 뒤

사물함이 모두 새것으로 바뀌었다. 나무 본연의 향인지 목재용 니스 냄새인지는 잘 모르겠다.

사물함만 바꿨을 뿐인데 교실 분위기가 완전히 달라 보인다. 어른들이 왜 철만 되면 가구를 바꾸려는지 비로소 알 것 같다. 전에 쓰던 낡은 사물함은 낙서가 있었다. 그 정도 흔적은 그나마 양반이다. 손잡이가 부서진 것도 있었다. 경첩이 고장 났는지 여닫을 때마다 삐걱삐걱 앓는 소리를 내는 것도 많았다.

"역시 새것이 좋긴 좋다. 나무인데 손 베일 만큼 각이 살아 있어."

라미가 새 사물함에 책을 넣으며 말한다. 확실히 낡은 사물함과는 비교를 거부한다. 깨끗하고 반듯한 데다 내부도 훨씬 넓다. 공간을 분리할 수 있는 칸막이도 있다. 물론 이 깨끗한 모습이 언제까지 지속될지는 알 수 없다. 어쨌든 기분은 산뜻하다.

안타깝게도 상쾌한 기분은 그리 오래가지 않았다. 지긋지긋한 수업이 시작되었으니까. 아무리 힘든 월요일이라도 시간은 흐르는 법. 지루한

오전 수업을 간신히 버텨내자 점심시간을 알리는 종이 울렸다. 그 즉시 반 아이들 모두 풀을 찾아 이동하는 초식동물처럼 떼 지어 급식실로 향한다. 그중 몇몇 아이들은 급식을 마시거나 흡입하는데 점심시간에 축구나 농구를 하기 위해서다. 그들이 급식을 먹기 무섭게 운동장으로 튀어나간다면, 나는 화장실로 직행한다. 생리적 이유가 아니라 양치를 위해서다. 식후에 양치하는 건 누구나 다 아는 상식이겠지만, 나는 치아의 건강만큼이나 이 사이에 이물질이 끼지 않았는지가 걱정된다. 남들은 거울을 보면 금세 알 수 있겠지만 불행히도 나는 그렇지 못하다. 잇새에 빨간 고춧가루가 꼈는지, 까만 김이 꼈는지, 퍼런 시금치가 꼈는지, 아니면 신호등처럼 다 꼈는지 알 수 없다. 그러니 어쩌겠는가, 열심히 구석구석 양치할 수밖에. 뭐, 덕분에 다른 아이들보다 구강 관리에 몇 배 노력을 기울이게 되었으니 오히려 다행이지 싶다.

생각해보면 흔히 말하는 노력이라는 것이 나의 양치 습관과 비슷하다. 눈앞에 당장 보이지 않으니까 오히려 더 노력하고 분투하는 거다. 그러지 않으면 불안하니까. 어떻게 해서라도 미리미리 삶 사이사이에 껴 있을지 모를 불행이나 어려움을 열심히 닦아내려 한다.

"너는 뭘 그렇게 거울을 자세히 보냐. 양치하는 네 모습이 그렇게 대견해?"

라미가 입을 헹구며 말한다. 오늘 내 얼굴이 20세기 거장의 초상화 같아 제법 심오해 보이긴 한다.

"왜 또 시비야?"

입안의 물을 뱉어내고는 라미가 나를 향해 이―를 해 보인다. 뭐야, 설마 너도 네 얼굴이 안 보이는 거야? 그래서 잇새에 뭐가 꼈는지 대신 봐달라는 뜻이야?

"뭐야?"

나는 상체를 뒤로 젖혀 물러서며 묻는다.

"야, 아무래도 내 앞니 더 틀어진 것 같지 않아?"

"너는 네 앞니 없었으면 심심해서 어떻게 살 뻔했니?"

"농담 아니고 잘 봐봐."

나도 절대 농담이 아니다. 그놈의 앞니를 봐주느라, 이젠 나조차 라미보다 녀석의 앞니에 더 정이 갈 정도다.

"더 틀어지면 교정도 어렵고 기간도 더 길 텐데. 그냥 지난 방학 때 시작했으면 얼마나 좋아. 요즘은 철길을 바깥쪽이 아닌 안쪽에 깐다잖아. 투명 교정도 있고. 사람들이 교정하는 걸 모를 정도래."

"정라미 꼭 치대 가라. 너 벌써 전문가야. 그냥 가서 네가 직접 깔아."

"나 장난할 기분 아니거든. 진짜 짜증 난단 말이야. 그 사이에 더 틀어지면 어떡해."

"틀어지지. 그게 안 틀어지고 배기냐?"

"시울이 네가 봐도 그렇지? 앞니 더 틀어질 것 같지."

라미는 금방이라도 울 것 같은 얼굴이 된다.

"틀어지는 건 앞니가 아니라 네 두 눈이다."

나는 검지와 중지를 갈고리 모양으로 만들어 라미의 두 눈을 가리킨다. 매일 앞니를 보며 틀어졌나? 틀어진 것 같은데? 틀어졌나봐? 확실히 틀어졌어. 정성스레 주문을 외는데 멀쩡한 이도 틀어지지 않고는 배겨낼 수 없다. 보라, 이 위대한 기도의 힘을.

"너, 남 일이라고…….."

"그래, 너야말로 남 일처럼 좀 봐라."

라미가 내 친구라서가 아니다. 객관적으로 봐도 앞니가 살짝 틀어진 게 전혀 이상해 보이지 않는다. 오죽하면 전문가조차 교정할 필요가 없다 하지 않았나.

나는 라미의 두 어깨에 손을 얹고는 크게 심호흡을 한다. 한 번쯤 진심으로 말해주고 싶었다. 그런데 이렇듯 화장실 세면대에서 양치하다 말하게 될 줄은 몰랐다.

"솔직히 네 앞니 삐뚤어지고 틀어지길 제일 바라는 사람은 라미 너 같아."

이게 무슨 멍멍이 같은 소리야, 하는 눈빛으로 라미가 얼굴을 구긴다.

"다른 사람 눈에는 네 앞니 틀어진 거, 약간 삐뚤게 난 거 잘 안 보여. 그러니까 너도 그 현미경

같은 시선은 치워버리고 스스로를 다른 사람인 듯 무심하게 봐봐. 아니면 네 얼굴을 좀 다른 시각으로 보는 건 어때. 예를 들어 네 얼굴에 안개가 잔뜩 꼈다거나, 색색의 블록이 가득하다거나 뭐, 그런 느낌으로……."

라미가 한쪽 눈썹을 움찔거린다. 그렇게 너 지금 미쳤냐? 온 얼굴로 묻는다. 매일 아침 자신의 얼굴을 볼 수 있는 평범한 인간에게는 지금의 내 예시가 전혀 와닿지 않겠지. 그런데 와닿지 않는 건 한 번도 자신의 얼굴을 본 적 없는 누군가도 마찬가지다. 대체 사람들은 어떻게 앞니가 약간 틀어진 것, 눈썹 숱이 없는 것, 코의 형태와 입술의 두께와 양쪽 눈의 크기가 살짝 다른 것까지 신경 쓰는지, 어떻게든, 반드시, 기필코 콤플렉스를 찾아내는지 참으로 신기하다.

"너 백설공주에서 계모 있잖아. 그 마녀의 가장 큰 적은 누굴 것 같아?"

"당연히 백설공주지."

묻는다고 대답은 또 잘한다. 나는 아니라며 도리질 친다.

"그럼 사냥꾼?"

라미는 은근히 집요한 구석이 있다. 자신의 앞니 이외의 일에도 말이다. 나는 다시 도리질 친다.

"왕자?"

"아니야."

라미가 아하 하는 얼굴로 손뼉을 친다.

"일곱 난쟁이."

"아니라고."

"대체 누구?"

"바로 그 빌어먹을 거울."

'세상에서 가장 아름다운 건, 백설공주입니다.' 거울이 말하는 순간 벽에서 떼어내 단번에 깨버렸다면, 'X 까라 그래. 바로 나야.' 깨진 조각을 향해 가운뎃손가락을 높이 세웠다면, 그 마녀도 제법 평탄한 삶을 살지 않았을까.

"뭐래?"

라미가 싱겁다는 듯 입술을 비죽인다. 내 말이 그 말이다. 대체 이게 뭔지 싶다. 나는 라미가 웃을 때 제발, 18세기 영국 귀부인처럼 입 좀 안 가렸으면 좋겠다. 입술을 앙다물지 않기를 바란다. 큰 소리로 웃을 때 얼마나 사랑스러운 표정이 되는지, 정작 그 얼굴의 주인은 절대 모른다.

"네 얼굴 되게 반짝반짝 빛나."

라미가 고개 돌려 세면대 위 거울을 본다.

"많이 번들거려? 엄마가 백화점에서 비싼 에센스 샀거든. 아침에 몰래 바르고 왔는데, 역시 내 피부에는 좀 안 맞는다 싶었어."

"아니, 그 말이 아니라……."

고여 있던 묵직한 한숨이 단전에서 터져 나온다. 하지만 라미의 탓만은 아니다. 다들 자신의 빛을 못 본 채 살아가니까. 신이 인간에게 심술궂은 이유가 바로 이 점이다. 소중한 것을 잃어버린 후에야 그 가치를 깨닫게 하니까. 시간이 지난 다음에야 그 시절의 행복을 눈치챌 수 있으니까. 정말 괴팍하고 잔인한 취향이 아닐 수 없다.

"정라미, 치아 교정하고 싶으면 해. 그런데 지금 당장은 할 수 없잖아. 하기 전까지는 제발 네 얼굴에 관심 좀 끊고 그만 괴롭혀라. 너 웃는 거 아주 예뻐. 전혀 안 이상해. 오히려 가리니까 더 이상해 보이는 거야."

"됐네요."

라미가 내 손을 뿌리치고는 화장실을 빠져나간다. 나는 거울에 비친, 색색의 기하학적 형상을 바라본다. 스스로의 얼굴을 볼 수 있다는 건, 생각보다 견뎌야 할 일이 많은 것 같다. 사회적 분위기와 어지럽게 돌아가는 유행과 그것들을 보여주는 매체와 스스로를 향한 핀셋 같은 시선과 기준까지.

"이래서 아는 게 병……, 아니 잘 보이는 게 병인가?"

나는 라미를 따라 세면대를 벗어난다. 교실로 돌아와 자리에 앉는다. 책상 서랍에 손을 넣는데 아차 싶었다. 책과 노트가 다시 사물함으로 돌아갔다. 아침에 정리한 것을 깜빡 잊었다. 역시 인간은 습관의 동물이다. 며칠 사물함을 안 썼다고 그새 잊어버렸다.

나는 자리에서 일어나 교실 뒤로 걸어갔다. 그 순간 벌컥 뒷문이 열리더니 한 무리의 아이들이

우르르 들어온다. 낯선 얼굴이다. 우리 반은 아니란 뜻이다.

"묵재야, 이따 끝나고 한 판만 뛰어줘라."

누군가 팡팡 바닥에 농구공을 튀긴다. 그 소리가 경쾌하다.

"나 이제 안 한다고 했잖아."

강묵재가 적잖이 귀찮은 얼굴로 말한다.

"야! 그러지 말고 머릿수라도 좀 맞춰줘라. 우리 팀 한 명이 팔 다쳐서 그래."

갑자기 쳐들어온 아이들이 묵재를 둥글게 에워싼다. 같이 놀자 떼쓰는 꼬마들이 따로 없다. 뭐, 그래 봤자 고작 열여덟이다. 아직 어린아이라고 해도 크게 틀린 말은 아니다. 이런 쓸데없는 생각을 하며 나는 사물함을 연다. 5교시가 뭐였더라? 그 전 사물함에는 시간표를 붙여놓았는데 새것으로 바뀌면서 없어졌다. 나는 사물함 문을 반쯤 열어둔 채 시간표를 확인하려고 교실 앞쪽으로 몸을 돌린다.

"강묵재, 너 진짜 너무하다? 약속 한 번 펑크낸 것 가지고 대체 언제까지 꽁할 건데?"

적어도 그때까지는 평화로웠다. 나에게 곧 닥칠 불행에 대해 좁쌀 한 톨만큼도 생각지 못했다.

"그것 때문이 아니라고 했잖아."

짜증 섞인 묵재의 목소리가 들려옴과 동시에 커다란 무언가가 내 옆얼굴을, 그야말로 사정없이 강타했다. 나는 그대로 쓰러져 반쯤 열린 사물함에 얼굴을 부딪혔다. 말이 좋아 부딪힌 것이지, 그냥 충돌했다는 표현이 더 맞을 것이다. 그렇게 우당탕 소리를 내며 쓰러진 것까지 기억난다. 이 모든 동작이 찰나의 순간에 끝났다.

"시울아, 괜찮아?"

라미인지 누구인지 모를 목소리가 소리친다.

"강묵재, 너 미쳤어? 교실에서 그렇게 공을 함부로 집어 던지면 어떡해?"

그제야 확실히 라미라는 것을 알 수 있다. 열여덟 살짜리가 맥없이 날아가 교실 사물함에 부딪힌다는 건 고통보다 쪽팔림이 앞서는 일이다. 나는 왜 기절하지 않을까? 차라리 정신을 잃을 정도로 부딪혔으면 좋았을 텐데, 생각하며 창피

함을 무릅쓰고 용수철처럼 자리에서 튕겨 일어
난다.

"야! 미안……, 많이 다쳤……."

어느새 묵재는 내 눈앞에 와 있다. 내가 튕겨
일어날 때 함께 자리에서 솟구친 게 분명하다.
놀라 더듬거리던 묵재의 동공이 공포영화 속 주
인공처럼 부풀어 오른다.

"어머, 어떡해. 시울아!"

나는 소리 나는 쪽으로 고개를 돌린다. 그곳에
쫙 벌린 입을 다물지 못하는 라미가 있다. 녀석
은 평소처럼 손으로 입을 가리지 않았다. 입술을
앙다물지 않았다. 왜지? 궁금해하는 사이 뜨거
운 무언가가 내 이마에서 천천히 미끄러져 내려
온다. 코를 지나 툭툭 바닥에 떨어진다. 나는 방
울져 떨어진 그것들을 향해 고개를 숙인다. 비록
내 얼굴은 볼 수 없지만, 바닥에 붉게 얼룩진 액
체가 피라는 정도는 충분히 알 수 있다.

"담임 쌤. 아니 보……보……보건실. 아니
119. 뭐든 어서!"

정확히 누구를 부르라는 건지 모르겠다. 어쨌

든 비명과도 같은 외침이 라미의 입에서 터져 나온다. 그사이 뜨거운 액체는 보이지 않는 얼굴을 타고 계속해서 흘러내린다.

그래, 사건의 요지는 간단하다. 나는 사물함에서 교과서를 꺼내려다 잠시 교실 앞 시간표를 확인했을 뿐이다. 하필 그 시간에, 묵재를 귀찮게 하는 친구들이 몰려왔고 같이 농구 좀 하자며 떼를 썼다. 짜증이 머리끝까지 치솟은 묵재가 농구공을 내리쳤는데 그게 또 얼마나 탄력이 좋던지 제멋대로 튕겨 내 옆통수를 가격했다. 나는 그 즉시 적장과 함께 강으로 뛰어든 논개처럼 사물함에 온몸을 던졌다. 뭐, 여기까지는 창피하긴 해도 그저 웃고 끝날 해프닝이었다. 교실에서 넘어지고 복도에서 미끄러지고 급식실에서 식판을 떨어뜨리는 건 자주 있는 일이다. 그렇게 만인의 시선을 받는 경우가 심심찮게 발생한다. 하지만 문제는 사물함이 하필 새것이고, 모서리가 날카로웠다는 점이다. 참 길게도 주저리주저리 얘기했지만, 한마디로 이 사고를 요약하자면, 그렇다. 나는 넘어지면서 사물함에 이마를 찍혔다. 그것도 하필 날카로운 모서리에 제대로…….

"안 되겠다. 너무 심하게 찢어졌어. 병원 가서 꿰매야 해."

보건 선생님이 미간을 일그러뜨리며 말했다. 그 한마디에 사색이 된 건 라미와 그 옆에 밀랍 인형처럼 뻣뻣하게 굳어 있는 묵재다. 나는 내가 사색이 됐는지 어떤지 알 수 없다. 더불어 내 이마가 얼마큼 깊게 찍혔고 상처가 얼마나 심각한지도 모른다. 그냥 내 얼굴에서도 피가 날 수 있구나, 남들이 들으면 이마가 아닌 뇌를 다쳤나? 의심될 만한 생각이 들 뿐이다.

그 후로 상황은 더 정신없이 흘러갔다. 다행히 119를 부르는 일은 없었지만 대신 담임이 나를 태우고는 무서운 속도로 학교를 빠져나갔다. 평소 조용한 이미지와 달리 운전은 대단히 거칠었다. 누가 보면 내가 복부에 총상이라도 입은 줄 알 것이다. 흘끗 바라본 선생님의 얼굴 또한 대단히 비장했다. 그런데 또 생각해보면 학교, 그것도 콕 찍어 교실에서 학생이 다쳤다. 그 녀석을 데리고 병원에 가는 건, 웬만큼 비장하지 않으면 안 될 일이다.

"엄마는 병원으로 바로 오실 거야."

머지않아 학생의 보호자를 만나야 하니까. 선생님에게는 결코 유쾌한 일이 아닐 수밖에.

"괜찮아. 금방 도착해."

담임이 애써 웃으며 말한다.

"저, 괜찮아요."

그런데 선생님은 안 괜찮아 보이시네요, 한마디는 소리 없이 흩어진다.

9

단지 내 눈에만 보이지 않을 뿐, 얼굴의 감각은 살아 있다. 안 그래도 찢어져 아픈 상처에 의사는 사정없이 마취 주사를 찔러 넣는다. 사람을 살리는 그 거룩한 손을 물어뜯고 싶어진다. 눈물이 고일 새도 없이 주르륵 흐르고 나는 어금니를 부서져라 사리문다. 찢어진 이마를 무려 스무 바늘이나 꿰맸다. 그제야 꽉 움켜쥔 주먹을 푼다. 이마보다 손바닥이 더 화끈거린다.

"최대한 촘촘히 잘 꿰매긴 했는데, 상처가 생각보다 커서 흉은 남을 겁니다."

기계음보다 영혼 없는 음성으로 의사가 말한다.

"얼마나……."

엄마의 미간에 굵은 주름이 잡힌다. 목소리가 가늘게 떨린다.

"사람마다 살성이나 아무는 속도가 달라서 실밥 빼보고 말씀드릴게요."

의사가 중지로 콧잔등의 안경을 밀어 올린다. 왜 하필 가운뎃손가락일까? 괜스레 기분이 나쁘다.

"요즘은 레이저 시술이 좋아서요."

양 입꼬리만 살짝 올리는 미소가, 어쩐지 의미심장해 보인다. 흔히들 말하는 '자본주의 미소'라는 생각이 대단히 강하게 든다.

"죄송합니다."

담임이 엄마에게 자꾸 고개를 조아린다. 그저 사고였다며 엄마도 애써 웃는다. 그러나 얼굴에 찍힌 '속상함'이 너무 선명해 100미터 밖에서도 보일 정도다. 묵재가 일부러 나를 노린 건 절대 아니다. 그냥 농구공을 세게 내리쳤을 뿐이고 그게 제멋대로 튕겨 나가버렸다. 가해자는 없지만 피해자는 발생한, 그야말로 재수 없는 사고라고밖에 할 수 없다. 참 다른 사람도 아닌 내가 이 이상 재수 없어지기도 힘들 텐데. 전생에 히틀러나 무솔리니였나? 아무튼 정말 서럽고 억울하다.

어쨌든 그 사고로 나는 조퇴를 했다. 마취가 풀리면 꿰맨 곳이 욱신거릴 거라며 의사는 진통제를 처방해주었다. 오늘은 그냥 집에서 쉬는 게 낫겠다는 은혜로운 소리와 함께.

─괜찮아?

─스무 바늘이나 꿰맸어. 꿰맨 것보다 마취가 죽음임. 진짜 육성으로 욕 나올 뻔했어.

─아팠겠다. 지금도 많이 아프지?

─마취 풀리면 욱신거리고 본격적으로 아플 거래.

한동안 라미와 정신없이 톡 수다를 떨었다. 학교는 갈 수 없게 되었다 하자, 곧바로 부럽다는 답이 날아왔다. 나는 그 즉시 진심을 담뿍 담아 조언을 보냈다.

　—너도 이마 찢어져서 스무 바늘 꿰매든가.

　보이지도 않는 얼굴에 감각은 왜 이리 선명한지, 생각할수록 억울하다.

　—야, 강묵재 있잖아. 너 쌤 차 타고 병원 가는 것 보고 완전 멘탈 나갔어. 하긴, 자기가 던진 공에 맞아서 얼굴이 피범벅이 됐는데 안 놀라겠냐? 하필 걔가 또 왼손잡이라서. 오른손으로 내리쳤으면 다른 쪽으로 튕겨 나갔을 텐데.

　피범벅이라니. 이래서 사람의 말이 무서운 거다. 사물함 모서리에 이마가 찢어졌을 뿐이다. 그 사실이 퍼지면 퍼질수록 나는 이미 이 세상 사람이 아니게 된다. 3반 인시울이라는 애가 농구공에 맞아서 쓰러졌는데 사물함이 무너져서 밑에 깔려 죽었잖아, 여기까지 이야기가 오게 될 테니까.

　—일부러 그런 것도 아닌데, 뭐.

　—그냥 애들이 한 판 뛰어달라고 할 때 얌전히 알았어, 하면 됐잖아. 그걸 싫다고 버티다 괜

히 일만 키운 거야. 중학교 때는 점심 먹고 맨날 농구 축구 하더니. 우리 반에 온 걔들, 중학교 때부터 강묵재랑 농구하던 애들이었어.

—라미야, 수업 시작했겠다. 괜히 폰압당하지 말고 나중에 또 얘기해.

문득 하얗게 질려버린 얼굴이 떠오른다. 그 애는 전혀 의도하지 않았는데, 일이 이렇게까지 커져버렸다. 혼자 적잖이 속을 끓였겠지. 생각해보니 오히려 묵재에게 미안하다.

"아니, 좁은 교실에서 왜 농구공을 가지고 놀게 해? 다른 곳도 아니고 세상에, 얼굴을 스무 바늘이나……. 내가 정말 속상해서."

엄마가 운전하며 연신 구시렁거린다.

"얼굴뼈 아작 난 거 아니거든. 고작 몇 바늘 꿰맨 걸 가지고 뭘 그리 속상해해. 그리고 교실에서 공 가지고 논 게 아니라니까. 다른 반 애들이 왔다가 그렇게 된 거야. 싫다는 애한테 자꾸 조르니까. 걔도 짜증이 났겠지."

"하이고! 아침에 일어나자마자 얼굴 상태부터 물어보면서. 그렇게 외모에 관심이 충만하신 분이 웬일이야?"

나는 입술을 달싹이다 이내 한숨으로 대신한다. 슬슬 마취가 풀리는지 이마가 화끈거린다. 쳇, 누구 속상할까봐 여태껏 얼굴 안 보인다는 말도 못 하는데. 눈 코 입이 어떻게 붙어 있는지 알아야 관심을 가지든 말든 하지. 고개를 돌리자 한낮의 거리가 빠르게 스쳐 간다. 그러고 보니, 지금까지 얼굴에 상처 난 적이 없구나. 비록 눈에는 보이지 않지만, 그동안 별 탈 없이 잘 유지한 건 맞다. 나는 태어나서 처음으로 얼굴에 상처가 났다.

집에 돌아와 제일 먼저 처방받은 약을 먹었다. 엄마는 일을 마무리 짓고 오겠다며 회사로 돌아갔다. 조용히 인터넷 강의를 들어도 되겠지만, 나는 환자다. 이럴 때는 확실하게 쉬어주는 게 환자의 도리다.

교복을 얌전히 옷걸이에 걸어둔 후 트레이닝복으로 갈아입는다. 거실로 나와 화장실에 간다. 습관처럼 거울을 보는데 어지러운 색깔 사이로 얼핏 하얀 붕대가 보인다. 미라처럼 붕대로 온 얼굴을 감으면 윤곽이나마 보이려나? 사실 중학교 때 딱 한 번 시도한 적이 있었다. 덕분에 아주 중요한 두 가지 사실을 깨달았다. 첫 번째는 혼자 붕대로 얼굴을 감는다는 게 생각처럼 쉽지 않다는 것이다. 그 두 번째는 그래 봤자 얼기설기 감긴 붕대 사이사이로 이상한 문양만 보이는 괴물이 된다는 거다. 적어도 내 눈에는 그랬다.

방으로 돌아오자 침대 위 핸드폰이 반짝인다. 라미가 연락했나 싶어 화면을 여는데 저장되지 않은 번호로 톡이 와 있다.

―나 묵재야. 네 번호는 담임한테 물어봤어. 아까는 나도 너무 정신이 없어서 제대로 된 사과도 못 했다. 미안해. 스무 바늘이나 꿰맸다며? 아, 진짜 미안하다. 공을 살짝 친다는 게 그만⋯⋯.

생각지도 못한 연락이었다. 나는 멍하니 두 눈을 끔뻑인다.

―그런데 나 스무 바늘 꿰맨 건 어떻게⋯⋯.

키패드를 두드리던 손이 허공에서 멈춘다. 혹

여 담임이 말했을까? 순간 아차 싶은 생각이 든다.

'야, 강묵재, 너 때문에 시울이 이마 스무 바늘이나 꿰맸대. 어쩔 거야?'

설마 이렇게 고2가 아닌 초2처럼 말하진 않았을 테지만 혹시 또 모를 일이다. 상대는 정라미다.

'아, 어쩌면 좋아. 시울이 스무 바늘이나 꿰맸대. 이마에 흉터 남으면 어떡해.'

대놓고 묵재에게 말하진 않았어도, 제발 새겨들어라, 시끄럽게 떠들기는 했을 거다. 솔직히 라미라면 충분히 그러고도 남는다. 아, 이 질척거리는 우정이여.

나는 부르르 고개를 내젓는다. 쓸데없는 망상이길 바라며 빠르게 키패드를 누른다.

—어쩔 수 없었잖아. 네 공도 아니고. 우리 둘 다 운이 나빴던 거지.

게다가 나는 내 얼굴도 못 보는데, 뭐. 흉터도 당연히 안 보일 거야. 이럴 때는 얼굴 안 보이는 게 더 좋은 것 같아. 이마에 난 작은 여드름 하나로 고민하는 애들도 있는데, 그에 비하면 더 낫지 않을까? 그래서 어른들이 그런 말 하잖아. 아는 게 병이고 모르는 게 약이라고.

물론 이런 말까지 쓸 수는 없다. 미치지 않고서야 어찌…….

—너무 신경 쓰지 마. 괜히 네 입장만 난처하게 된 것 같아 나도 미안하다.

—네가 왜? 어쨌든 많이 놀랐을 텐데 잘 쉬어라.

톡은 그렇게 끝났다. 나는 화면을 보며 잠시 고민한다. 친구로 추가할까? 생각하는데 손가락이 먼저 움직여 친구 추가를 터치한다. 묵재는 상태 메시지는커녕 프로필 사진도 없다. 담임한테 내 번호까지 물어봤다니, 어쩐지 기특하다. 학교에서 눈인사조차 안 했던 사이였는데 불과 하루 만에 서로에게 톡까지 한다. 오늘 아침만 해도 전혀 상상하지 못했다. 고작 몇 시간 뒤에 이마가 찢어져 병원에서 스무 바늘이나 꿰맬 거라고는. 그리고 그 이유가 하필 반에서 가장 조용한 강묵재 때문일 거라고는.

정말 한 치 앞도 볼 수 없는 게 인생이구나. 삶이란 결국 짙은 안갯속을 걸어가는 것이다. 한 발 그 너머에 뭐가 있는지 전혀 안 보이니까. 깊은 구덩이가 나올 수도, 커다란 벽에 가로막힐 수도 있다. 그런데도 모두 거침없이 보이지 않는 길을 잘도 걸어간다. 하루하루 살아간다는 건, 어쩌면 생각보다 훨씬 더 큰 용기가 필요한 일인지도 모르겠다.

나는 훌쩍 몸을 날려 침대에 눕는다. 팔과 다리를 힘껏 뻗어 온몸으로 큰대자를 만든다.

'걔네 엄마 알코올중독자…… 가끔 학부모 상담 때…… 아빠가 오는 것 같더라고……. 걔 그때는 되게 밝았어……. 별명이 피식맨이었나……. 여자애들 사이에서도 나름 인기…… 의외로 농구, 축구, 배구까지 잘했거든.'

천장이 내 얼굴만큼이나 흐릿해진다. 약 기운이 온몸으로 퍼진다. 어지럽고 나른하다. 나는 까무룩 잠에 빠져든다.

10

"아니, 넓은 운동장 놔두고 왜 교실에서 농구
공을 가지고 놀게 해?"

똑같은 말이 이번에는 엄마가 아닌 아빠의 입
에서 나왔다. 오랜 시간 함께 살아온 부부는 서
로 닮는다는데, 그 가설이 눈앞에서 참이라 증명
됐다. 직접 목격하니 살짝 소름이 돋는다. 아빠
는 속상한 눈빛으로 내 이마를 확인한다. 애지중
지한 도자기에 금이라도 간 듯 긴 한숨을 내쉰
다.

"얼마나 꿰맸다고?"

"스무 바늘. 내가 스무 번도 넘게 말했잖아."

엄마가 왈칵 짜증을 낸다. 내 이마를 그렇게
만든 사람이 마치 아빠인 양. 만약 진짜 그랬다
면 아빠는 지금 내 눈앞에 없겠지만.

"아, 진짜, 정말 일부러 그런 거 아니야?"

"아빠, 내가 아니라고 스무 번 넘게 말했잖아."

묵재가 일부러 그런 게 아니다. 심한 장난 때
문도 아니다. 대체 몇 번이나 상황 설명을 했는

데 또 이런다. 엄마가 짜증을 내는 것도 이해가
간다.

"어쩜 제 엄마랑 말하는 것까지."

아빠의 두 눈이 동그래지며 엄마와 나를 번갈
아 본다. 유전자의 신비를 경험한 듯 살짝 소름
돋는 얼굴이다. 나도 엄마 아빠 덕분에 그 느낌
이 뭔지 조금 전 경험했다.

"속상하긴 하지. 그래도 어쩌겠어. 그냥 액땜
했다고 생각해. 우리 부장님 아들은 계단에서 넘
어져 다리 부러졌대. 생각해보면 이만한 게 천만
다행이지 뭐야. 눈 안 다친 게 어디야."

엄마가 주방에서 머그잔 두 개를 가져온다. 커
피가 향긋하다. 엄마 나는? 묻자 눈으로 내 이마
를 가리킨다.

"약 먹잖아. 커피 안 돼."

글쎄? 과학적으로 증명된 사실인가? 두통약
과 진통제를 커피로 삼키던 분이 하실 얘기는
아닌 것 같은데.

"흉터 남을까봐 그러지."

아빠가 여전히 못마땅한 표정으로 머그잔을

들어 올린다.

"당연히 흉은 남지. 무려 스무 바늘이나 꿰맸는데."

엄마의 말이 끝나기도 전에 쿨럭 소리가 터져 나온다. 커피가 식도가 아닌 기도로 넘어갔는지 아빠가 연신 기침을 내뱉는다.

"아니, 어떻게 그리 태연하게 말할 수 있어? 우리 시울이 얼굴인데?"

아빠가 너도 서운하지? 싶은 표정으로 나를 본다. 나는 가볍게 어깨를 들썩인다. 글쎄? 정작 주인은 한 번도 본 적 없어서. 그 잘난 얼굴에 흉터 좀 남으면 뭐 어떤가 싶다.

우아하게 커피 한 모금을 넘긴 엄마가 쯧쯧 혀를 찬다.

"요즘이 어떤 세상인데. 당장은 아니더라도 레이저로 흉터 지울 수 있어."

"뭐, 그럼 다행이지만."

아빠의 표정이 조금은 누그러진다. 엄마가 엉덩이를 움직여 아빠 옆으로 바투 다가앉는다.

"그래서 말인데, 이왕 성형외과에서 흉터 시술

하는 거 나랑 시울이 코끝만 살짝 손보면 어떨까? 둘이 하면 가격 할인해서 저렴하게……."

"아니, 이 사람이 지금 무슨 소리를 하는 거야. 우리 시울이 코가 뭐 어때서? 하려면 혼자 하든가. 왜 우리 시울이까지 끌고 들어가?"

"웃겨 진짜? 시울이 코는 자기 닮았어야 했다고 한탄했던 사람이 누군데?"

엄마가 버럭 소리를 지른다. 아빠가 내 눈치를 보며 긴장한다.

"아니다, 딸. 나 그런 말 한 적 없다."

우리는 오래전부터 강한 부정을 긍정이라 믿기로 했는데, 그 사실을 아빠 혼자 모른 척한다. 물론 손끝의 감각만으로도 감이 오긴 했다. 날렵하고 오뚝한, 전문 산악인들조차 접근하기 어려운 에베레스트 정상 같은 콧날은 기대하지 않았지만 그래도 동네 어르신들이 운동 삼아 슬슬 다녀올 수 있는 야트막한 뒷산은 좀 너무하다 싶었다. 하지만 내 코가 중력에 순순히 따르겠다는데 어쩌란 말이냐. 나는 지난 18년간 내 순종적인 콧날은 애써 잊은 척했다. 왜냐하면 나는 그게 가능한 인간으로 태어났으니까. 그런데 다른 누구도 아닌, 나를 만든 두 창조자께서 친히 진실을 상기시켜주다니. 참 감사할 따름이다.

"하려면 혼자 하라니? 뭐야, 나는 손 좀 보라는 거야? 가만 생각할수록 열받······."

그 순간 초인종이 울렸다. 나는 마음속으로 할렐루야를 외친다. 이 타이밍에 정확히 벨을 눌러주신 분이야말로 구세주가 아니고 뭐란 말인가.

"이 시간에 올 사람이 없는데?"

"내가 나가볼게."

엄마의 미심쩍은 목소리에, 아빠가 빛의 속도로 몸을 일으킨다. 방문자 확인 버튼을 누르자 인터폰 화면에 웬 낯선 남자가 서 있다. 누구세요? 하고 물으며 아빠가 뒤돌아 엄마를 본다. 혹시 배달 음식이라도 시켰냐는 뜻이다.

"안녕하세요. 인시울 학생 집 맞나요?"

목소리가 끝나기 무섭게 아빠 엄마의 시선이 동시에 나에게로 향한다.

"연락도 없이 정말 죄송합니다. 저, 인시울 학생과 같은 반인 강묵재 아빱니다."

헉 소리와 함께 나는 입을 틀어막는다. 지금 밖에 누가 왔다고? 아빠가 재빨리 인터폰을 내려놓고 현관문을 연다. 동시에 엄마와 나는 자리에서 튕기듯 일어난다.

"안녕하세요. 저는 강묵재 아빠입니다."

남자가 아빠와 엄마를 향해 꾸벅 고개를 숙인다. 내 시선이 남자의 두 손에 들린 커다란 과일 바구니에 닿는다.

"예가 아닌 줄 알고 있지만, 제 아들 녀석이 낮에……."

남자가 말을 하다 말고 엄마 아빠 사이에 어정쩡하게 서 있는 나를 본다. 정확히는 붕대가 감긴 내 이마 언저리를.

"죄송합니다."

가만히 내 이마를 살피던 그가 한 번 더 고개를 숙인다. 엄마 아빠 모두 아녜요, 아닙니다를 중얼거리며 도리질 친다. 이 어색하고 민망한 상황에 나는 그저 한 줌 재가 되어 흔적 없이 사라지고 싶다. 차라리 부모님의 쓸데없는 언쟁을 듣는 게 백만 배 나을 뻔했다.

"들어오시죠."

아빠가 한쪽으로 비켜서며 말한다.

"아닙니다. 이렇게 불쑥 찾아온 것도 죄송한데요. 담임 선생님은 절대 안 된다고 하셨는데, 이아파트에 사는 같은 반 친구가 슬쩍 말해주더라고요. 비록 실수라 해도, 어쨌든 같은 반 친구를다치게 했잖아요. 당연히 직접 찾아뵙고 사과를드려야지요. 이 녀석도 데리고 와서 사과를 시켜야 하는데, 자기가 오면 오히려 시울이 학생이불편할 거라면서……."

묵재 아빠가 난처한 표정으로 말끝을 흐린다.

"묵재 잘못 아녜요. 그리고 묵재랑은 이미 낮에 다 얘기했어요. 어쨌든 서로 좀……."

우리가 놀이터에서 놀다 싸운 꼬맹이들도 아니고. 만약 이 자리에 묵재까지 있었다면, 나는온몸과 영혼이 마른 낙엽처럼 바사삭 부서져 내렸을 것이다. 정말 상상만으로도 등허리에 식은땀이 흐른다. 묵재의 선견지명에 박수를 보내고싶다.

"우선 좀 들어오세요."

엄마의 거듭된 권유에도 남자, 아니 묵재 아빠의 시선이 다시 나에게로 향한다.

"많이 아팠겠구나. 미안하다."

내가 말도 못 하고 어버버하는 사이 묵재 아빠는 현관에 과일 바구니를 내려놓고는 엄마에게 또 한 번 정중히 고개를 숙인다.

"치료비는 제가 다 책임지겠습니다."

"아녜요. 학교 보험에서도 처리된다고 하고, 저희도 따로 보험 들어놓은 것도 있고. 그런 걱정 절대 안 하셔도 됩니다."

"애들 키우다 보면 이럴 수도 있고 저럴 수도 있죠. 아하하하."

아빠의 입에서 누가 들어도 작위적인 웃음이 터져 나온다. 사회생활이란 참 무서운 것이다. 어른이 된다는 건, 정말이지 다양한 가면을 쓰고 살아가는 일이구나 싶다. 불과 1분 전까지만 해도 내 얼굴을 보며 왈칵왈칵 짜증을 토해냈던 분들이었다. 저렇듯 온화한 표정을 지을 수 있다는 게 놀람을 넘어 약간 무섭기까지 하다.

"뭐든 괜찮습니다. 치료비 걱정하지 마시고 필

요한 치료는 다 하셨으면 좋겠어요. 정말 실례 많았습니다. 다시 한번 사과드립니다. 죄송합니다."

묵재 아빠가 마지막으로 고개를 숙인다. 세 사람도 꾸벅 허리를 접는다. 고개를 들자 미처 붙잡을 새도 없이 묵재 아빠가 총총히 계단을 내려가고 있다.

"요즘은 자기 자식이 잘못해도 적반하장으로 나오는 부모도 많은데."

"그러게 말이야. 이건 백화점에서 맞춤으로 주문했나 보네. 와인도 들어 있어. 뭘 이렇게까지……."

엄마가 과일 바구니를 들고 주방으로 돌아선다.

"일부러 그런 것도 아닌데 이렇게 직접 찾아와 사과까지 하니 오히려 부담되네."

아빠가 걸음을 옮겨 소파에 앉는다. 나는 멀뚱히 닫힌 현관문을 바라본다. 묵재 아빠는 아들과는 사뭇 다른 느낌이다. 묵재가 여린 수채화 같다면 묵재 아빠는 진한 색감의 유화 같달까. 선이 굵고 강한 이미지다. 아직 스무 살도 안 된 앳된 소년과 성인 남자의 차이일까? 묵재도 더 나이가 들면 저렇듯 선이 굵어지려나. 나는 주머니에서 핸드폰을 꺼내 사진첩을 넘겨본다. 화면에는 창가 자리에 앉아 혼자 웃는 묵재가 보인다. 이 싱거운 웃음만은 어쩐지 아버지랑 똑 닮은 것 같다.

"와인 있다며? 우리 시울이의 회복을 비는 의미로 한잔할까?"

아빠가 주방을 향해 소리친다.

"됐어. 이거 아까워서 건드리지도 못하겠네. 가만있어봐? 이런 걸 백화점에서 당일에 곧바로 주문해 가져왔다는 건, 평소에도 자주 선물해봤다는 뜻 아니야? 와인까지 준비한 것 보면 딱 답이 나오네. 아, 진짜. 누구 집 아내는 참 복도 많아서……."

"아! 정말 사람들이 말이야, 생각이 없어요, 생각이……. 요즘 같은 시대에 환경을 걱정해야지. 과대 포장 줄이자고 그렇게 얘기해도. 북극곰들에게 미안하지 않나? 인간이 참 미련해서 자기 잘못을 몰라요."

뜬금없이 환경문제에 열을 올리던 아빠가 벌떡 일어나 방으로 들어간다. 엄마가 퍼렇게 날선 눈빛으로 당당히 뒤를 따라 들어간다. 대전투의 서막이 시작되는 순간이다. 나는 쪼르르 식탁에 놓인 과일 바구니로 다가간다. 한눈에 봐도 범상치 않은 포장이긴 하다. 엄마에게 굳이 묵재 이야기는 안 하려고 한다. 그 아이의 엄마는 지금 세상에 없다는 사실을 말할 필요는 없겠지.

나는 주머니에서 핸드폰을 꺼낸다. 우리 집에서는 좀처럼 보기 힘든, 그래서 엄마의 화를 돋운 예쁜 선물 바구니다. 해체되기 전에 한 장 남겨두고 싶다. 나는 카메라를 켜고 화면 가득 과일 바구니를 담는다. 찰칵 소리와 동시에 와인 병 사이에 꽂힌 카드가 눈에 들어온다. 나는 잠시 안방을 흘낏거리고는 카드를 빼내어 내 방으로 들어간다.

죄송합니다.

부디 상처가 잘 아물기를 바랍니다.

초록색 카드에 정갈한 손글씨가 쓰여 있다. 그

아래엔 명함이 붙어 있다. 치료비 등으로 의논할 사항이 있으면 연락하란 의미겠지. 선이 굵은 외모와 달리 마음은 되게 섬세한 사람 같다. 나는 강지호 세 글자를 내려다본다. 묵재 아빠의 성함이다. 이 카드를 엄마에게 보여줘야 할지 말지 잠시 고민한다. 오늘의 안방 분위기를 봐서는 나중에 보여주는 게 나을 것 같다. 엄마를 위해서, 아빠를 위해서는 더더욱……

11

꿰맨 곳이 욱신거린다. 마취는 할 때도 풀릴 때도 아프다. 늘어지게 하품을 하는데 책상 위의 카드가 보인다. 나는 침대를 빠져나와 욕실로 향한다. 그러고는 간신히 고양이 세수를 한다. 밖으로 나오자 엄마는 아침 인사 대신 대뜸 얼굴이 부었다는 말부터 한다. 정작 물어볼 땐 안 해주던 말을, 별로 듣고 싶지 않을 때 콕 찍어 말해준다.

"어제 그 아저……, 아니 묵재 아빠가 과일 바

구니에 카드 넣었어. 명함이랑 같이."

"무슨 카드?"

"그냥 상처 빨리 나으라고. 명함은 연락처겠지?"

그러겠지, 말하며 엄마가 그릇에 시리얼을 붓는다. 보여달라는 말조차 없는 걸 보니 관심 밖인 모양이다. 하긴 어제 이미 다 말하지 않았나. 치료비는 절대 신경 쓰지 말라고.

"어서 먹어."

엄마가 우유를 건네며 말한다. 딱히 입맛은 없지만, 약을 먹어야 해서 억지로 먹는다. 와삭와삭 시리얼을 씹을 때마다 이마가 지끈거린다. 기분 탓인지 아니면 진짜 아픈 건지 모르겠다.

"반창고 떼봤어?"

나는 대답 대신 고개를 내젓는다.

"다 아물 때까지 상처 보지 마. 괜히 더 아파."

보고 싶어도 못 보네요. 그 말은 잘린 아몬드와 함께 오독오독 씹는다. 오늘은 다시 안개로 돌아왔다. 평소 같은 뿌연 흰색이 아니라 완전 잿빛이다. 혹여 내 얼굴을 가린 각종 기하학적 문양과 색들이 내 감정을 대변하는 건 아닐까, 생각한 적이 있었다. 어쨌든 이것도 내 얼굴이니까. 다른 사람들처럼 컨디션과 감정이 드러나겠지 싶었다. 하지만 꼭 그렇지만도 않았다. 기분이 안 좋은 날에도 얼굴은 화려한 꽃들로 뒤덮여 있었다. 충분한 수면으로 컨디션이 최고일 때도 깨진 유리 같은 문양만 가득했다. 얼굴에 나타나는 다양한 문양과 색들은, 내 기분이나 감정과는 조금의 연관성도 없었다. 한마디로 랜덤이라고나 할까? 하긴 사람의 기분 역시 늘 정해져 있는 건 아니다. 맞다, 인생은 그저 랜덤이다.

이럴 때는 상처를 볼 수 없어 오히려 다행이라 생각한다. 어릴 적에도 그랬다. 열심히 놀다 넘어졌을 땐 툭툭 털고 일어났는데 '너 무릎에서 피 나'라는 누군가의 외침에 우왕 울음을 터트렸다. 갑자기 온몸의 통각이 죄다 무릎으로 모인 느낌이었다. 그렇듯 상처는 직접 마주하면 몇 배는 더 아픈 것 같다. 그래서 사람들이 자신의 상처와 정면으로 마주하기까지 적잖은 용기가 필요한 모양이다. 그것이 육체의 상처든, 마음의 상처이든 간에…….

만약 내 얼굴을 볼 수 있었다면 또 모를 일이다. 깊게 파인 이마를 보고 기절했을지도. 물론 그랬다면 '비켜, 비켜. 응급환자 지나간다고!' 복도가 떠나가라 소리치던 라미를 안 봐도 됐을 테니 더 나은 면도 있긴 했겠다. 기억이 떠오르자 이마가 아닌 뇌 전체가 지끈거린다.

남은 시리얼을 그릇째 들고 마시자 엄마가 약을 건넨다. 한입에 털어 넣은 후, 비척비척 현관으로 향한다. 항생제가 들어가서인지 약이 쓰고 독하다. 딱 오늘 내 얼굴 맛이다. 누군가 내 얼굴에 가득한 잿빛 구름을 봤다면, 아니, 볼 수 있다면 분명 우산을 준비했겠지. 오늘은 내 얼굴, 그러니까 남들이 볼 수 있는 나와, 나만 볼 수 있는 내 상태가 아주 비슷하다. 양쪽 모두 엉망이다.

"인시울, 좋은 아침."

누군가 내 팔짱을 끼며 말한다. 굳이 고개를 돌릴 필요는 없다.

"거짓말하지 마."

나는 소리치며 거추장스러운 라미를 떼어낸

다. 아, 언제쯤 사람들은 진실되게 살아갈까? 아
침을 거짓말로 시작하는 건 정말 안 좋은 버릇
인데.

'안녕하세요, 과장님. 출근하기가 죽기보다 싫
은 아침입니다.'

'어, 김 대리. 안녕? 오늘 김 부장 그 자식한테
결재받아야 하는 끔찍한 아침이네.'

'쌤, 안녕하세요. 오늘 수학 시험 있네요. 생각
만으로도 속 쓰린 아침입니다.'

'안녕, 얘들아. 가벼운 접촉 사고라도 나서 병
원에 한 달만 입원하고 싶은 아침이야.'

우리는 이렇듯 모두 솔직해져야 한다. 그래야
사회가 지금보다 훨씬 투명해지지 않을까? 내
얼굴도 못 보는 마당에 사회의 투명성까지 따지
는 게 조금 우습긴 하지만⋯⋯.

"너 기분 안 좋을까봐 일부러 그런 거야."

"내 기분을 위한다면 진실만 말하도록. 나 뭐
가리고 감추고 그런 거 아주 싫다."

감춰지고 가려진 건 얼굴 하나만으로도 충분
하다. 생각해보면 얼굴이 감추어진 건, 남들도

마찬가지이지 싶다. 상사 앞에서는 대놓고 싫은 티를 낼 수 없는 신입사원과, 학생들 인사에 그날 기분과 상관없이 웃음으로 대꾸해야 하는 선생님처럼. 모든 사람이 내가 보는 얼굴과 남에게 보이는 얼굴 양쪽을 두루 가지고 산다. 인간의 내면에는 모두, 두 얼굴의 아수라 백작이 있다.

라미가 걸음을 옮겨 앞을 가로막는다. 그 상태로 천천히 뒷걸음질하며 내 얼굴을 살핀다.

"그래도 생각보다 괜찮네. 얼굴이나 이마도 전혀 안 붓고."

"엄마는 잔뜩 부었다는데?"

"뭐가 부어, 평소랑 똑같은데. 너도 거울 봤을 거 아니야? 안 부었어."

그럼 뭐야. 내 얼굴은 늘 부어 있다는 건가? 아니면 그사이 살이라도 쪘나? 단 한 번도 본 직 없으니 나는 소위 말하는 내 얼굴의 기본값을 모른다.

"라미야."

라미가 다시 걸음을 옮겨 내 옆에 바투 선다.

"너는 만약에 네 얼굴을 볼 수 없다면 어떨 것

같아?"

"눈이 먼다는 뜻이야?"

나는 대답 대신 주머니에 손을 찔러 넣는다.

"아니. 세상 모든 것은 다 보이는데 자신의 얼굴만 안 보인다면? 거울에 비친 모습도 나를 그린 그림도 사진도 아무튼 자신의 얼굴과 관계된 것은 다 볼 수 없다면 어떨 것 같아?"

"야, 말이 안 되잖아. 어떻게 다른 건 다 보이는데 자신의 얼굴만 안 보이냐? 너도 요즘 유행하는 잔혹이니 저주니 하는 그런 동화 읽었어?"

자신의 얼굴이 안 보이는 게 그리 잔혹한 일일까? 저주까지 들먹이며 펄쩍 뛸 일인가? 사실 말이 안 된다는 것 역시 어디까지나 인간의 기준일 뿐이다. 이 광활한 우주에서 지구는 그저 티끌이다. 그 작은 공간에서 인간이란 종은 또 얼마나 하찮을까? 우주의 눈으로 보면 먼지 한 톨보다 작다. 그 미미한 존재들이 자신들의 알량한 과학 지식 외에는 모두 거짓이라 한다. 이 어찌 가소롭지 않을 수 있으랴.

지구에 사는 대부분의 생명체는 자신의 모습

을 인지하지 못한다. 때론 거울에 비친 제 모습을 침입자로 여기곤 한다. 그래도 살아가는 데 아무 지장이 없다. 그들에겐 오히려 자신의 모습을 볼 수 있음이 이상한 일이 아닐까. 볼 수 없음에 더 자유로울 수 있지 않을까. 결국 말이 되지 않는다는 건, 오직 그 말을 쓰고 있는 인간에게만 해당한다.

"됐다. 이마가 아니라 뇌를 다쳤나 보다. 신경 쓰지 마."

"어떤 사고로 잘 보이던 얼굴이 갑자기 안 보이면 모르겠는데, 처음부터 안 보였다면⋯⋯."

라미가 말을 멈추고 어깨를 으쓱한다.

"그냥 그렇게 살 것 같아. 조금은 속 편하게?"

모르겠다, 덧붙이며 라미는 싱겁게 웃는다. 그래, 그게 정답이다. 내가 내 얼굴을 못 본다는 건, 남에게 어떻게 보이느냐도 신경 쓸 필요 없단 뜻이다. 만약 라미가 나와 같은 저주에 걸렸다면, 물론 나는 그것을 저주라 생각하지 않지만, 어쨌든 정말 그렇다면, 어디서든 팡팡 옆 친구를 때리며 환하게 웃겠지?

"야, 그런데 강묵재 걔 의외로 뒤끝 장난 아닌가 보다."

"또 뭔 소리야?"

나는 라미를 향해 고개를 돌린다.

"어제 공 가지고 있던 애, 5반인가? 중학교 때부터 묵재랑 농구 파트너였거든. 애들 말로는 전에 둘이 공원에서 만나기로 했는데 5반의 걔가 잠들어서 깜빡했대. 무음으로 해놔서 전화도 못 받고. 그 뒤로 묵재가 둘 다 완전 손절했대."

"둘 다?"

"걔랑 농구 둘 다."

라미가 질렸다는 표정으로 말을 잇는다.

"뭐, 꼭 그것 때문은 아니겠지만, 강묵재가 그 후에 학교 뒤집어놓은 거 아니야?"

작년이었다. 1학기 중간고사가 끝난 초여름. 라미의 말처럼 학교가 발칵 뒤집혔다. 학생 한 명이 감쪽같이 사라져버렸는데 핸드폰은 얌전히 방에 놓여 있었다. 처음에는 단순 가출이라 생각했다. 일주일이 지나자 학교에 경찰이 찾아왔다. 평소 가깝게 지낸 친구들에게 몇 가지 질문을 했고 주인 없는 사물함을 뒤졌다. 아무리 조사하고 탈탈 털어봐도 가출의 이유가 없었다. 한 가지 의심되는 사항은 있었다. 사라진 학생이 '검은 원피스'의 아들이라는 사실이었다. 하지만 무려 2년 전 일이고 더는 그 일을 입에 올리는 사람도 없었다. K시 고등학생 실종 사건은 언론에까지 대대적으로 보도가 되었다.

그래서 어떻게 됐느냐 하면, 보시다시피다. 묵재는 안전하게 학교로 돌아왔다. 가출한 지 15일 만이었는데 그 밖에 자세한 내막은 알지 못한다. 대체 어디서 무엇을 했는지. 아니, 왜 갑자기 집을 나갔는지. 어른들의 질문에 묵재는 끝까지 침묵으로 일관했다. 선생님들도 더는 묻지 않았다. 어쨌든 아무 탈 없이 살아 돌아왔으니까. 그것만으로도 모두 가슴을 쓸어내렸다. 하지만 한동안 학교에서 묵재는 요주의 학생이 되었다. 학교를, 아니 전국을 요란하게 뒤집어놓았던 K시 고등학생은 다행히 오늘도 있는 듯 없는 듯 학교에 다닌다.

"사정이 있었겠지."

아무도 다른 사람의 사정은 모른다. 허허 웃는 미소 속에 무엇이 들어 있는지. 내가 매일 아침 거울 앞에서 무엇과 마주하는지는 엄마 아빠조차 모르는 것처럼.

"암튼 걔, 중학교 때랑 완전히 달라졌어."

날마다 새 얼굴로 사는 사람에게 할 말은 아닌 것 같아. "우린 똑같냐?" 한마디 쏘아붙이고는 성큼 걸음을 옮겼다. 오늘도 수업이 귀찮기만 한 피곤한 아침이다. 하늘엔 새하얀 뭉게구름이 가득하다. 누군가의 잿빛 얼굴과 달리 맑고 화창한 날이다.

교실 뒷문을 열자 몇몇 아이가 고개를 돌린다. 괜찮아? 묻는 눈빛들이 내 이마에 닿는다. 나도 모르게 어색하게 입꼬리를 말아 올린다. 별로 기억하고 싶지 않지만 이런 건 또 평생 뇌 속에 각인되어 절대 지워지지 않는다. 내가 어제 얼마나 볼품없이 사물함에 날아가 부딪혔는지 머릿속에서 고스란히 리플레이되고 있다. 나는 환영을 지워내듯 서둘러 자리에 앉는다.

"괜찮아?"

고개를 돌린 곳에 껑충한 키가 있다. 햇살을 등지고 서서 얼굴이 어둡다. 언젠가 먹물을 흩뿌려놓았던 내 얼굴이 떠오른다.

"응, 신경 쓰지 마."

그 한마디에 묵재가 말없이 돌아선다. 너무 단호했나? 괜한 죄책감 느끼지 말라는 소리였다. 그런데 정작 나야말로 신경 쓰인다. 묵재는 자기 아빠가 우리 집에 선물까지 사 가지고 온 걸 알고 있을까? 문득 내 방 책상 위에 있는 카드가 떠오른다. 이야기해야 할까 망설이다, 그냥 침묵한다. 얘기할까 말까 고민될 땐 그냥 안 하는 게 좋다. 아침 자율학습을 알리는 종이 울린다. 나는 책상 위에 연습장과 필통을 꺼내놓는다.

특별한 것 없는 하루가 시작됐다. 수업은 언제나 따분하지만 아주 조금 흥미로울 때도 있다. 선생님들의 썰렁한 농담에 실없는 헛웃음이 터진다. 나는 반에서 그림자 같은 학생이다. 존재감이 제로에 가깝다는 소리다. 그런 내가 하루아침에 모든 이의 주목을 받았다. 내 이마를 스쳐지나간 시선들은 자연스레 묵재에게로 향한다.

'아니, 쟤를 왜 봐? 일부러 그런 게 아니잖아.'

나는 마음속으로 사자후를 외친다.

쉬는 시간 종이 울렸다. 다음 수업을 위해 교실 뒤 사물함으로 향한다. 그 순간 드르륵 앞문이 열리더니 반장의 목소리가 왕왕 울려 퍼진다.

"야, 다음 주 미술 실기수업이다. 각자 거울 가져오래. 완전 작은 손거울 말고 최소 A4 반 정도 되는 크기. 세워놓을 수 있으면 더 좋대. 미리 얘기했다. 나중에 못 들었다고 하지 마."

"반장, 칠판 공지사항에 써놔. 그 전날 말해도 안 가져오는 애 있다."

"아, 진짜 귀찮게."

반장의 푸념 가득한 목소리가 귀를 때리고 나는 칠판을 향해 몸을 돌려세운다.

다음 주 미술 준비물: 거울 가져오기. 다이소에서 2천 원이면 살 수 있음.

귀찮다 투덜거리면서도 반장은 살뜰히 거울 종류까지 직접 그린다. 직사각형 모양으로 커버를 뒤로 젖히면 세울 수 있는 제품이다. 그래, 2천 원이면 살 수 있겠지. 문제는 거울이 아니다. 미

술 시간에 그것으로 무엇을 하느냐. 나도 모르
게 꿀꺽 마른침을 삼킨다.

12

욱신거리던 상처가 조금씩 가렵기 시작한다.
그사이 한차례 병원에 들러 드레싱 치료를 받았
다. 의사는 기계음 같은 목소리로 젊은 게 약이
라 상처가 빨리 아문다고 했다. 그리고 정확히
이틀 뒤 실밥을 풀었다.

"뭐야, 촘촘히 잘 꿰맸다더니."

엄마는 한숨을 토해내고는 다시 말한다.

"우선 자외선 차단제 잘 바르고 다녀. 봐서 방
학 때 레이저 치료 시작하든지."

엄마가 속상함이 덕지덕지 묻은 얼굴로 벌컥
운전석 문을 연다. 손끝으로 이마를 더듬자 약
간의 오돌토돌한 느낌이 또렷하다. 눈에 너무 확
띄는 상처일까?

"엄마, 티 많이 나?"

엄마가 흘낏, 내 이마를 곁눈질한다.

"거울 내려서 봐. 직접 보면 알 걸 뭘 물어?"

내가 세상에서 가장 듣기 싫은 말이다. 하지만 짜증 섞인 목소리만으로 알 수 있다. 상처가 제법 눈에 띈다는 사실을.

"이왕 흉터 진 거, 강하고 멋있는 모양이면 좋겠어. 왜 있잖아. 눈썹에 번개 모양으로……."

"아오! 진짜 왜 그러냐? 이 답답아, 남 얼굴 아니고 네 얼굴이야. 무슨 남의 얼굴 흉터 말하듯 해?"

뭐, 어차피 흉터는 생겼다. 지금 당장 지울 수도 없는 노릇이다. 그리고 엄마가 모르는 게 있는데, 사실 남의 얼굴 맞다. 남들만 볼 수 있으니까. 남들이 뭐, 어찌 보든 나와는 관계없는 일이다. 내 눈에는 보이지 않으니까. 이름과 얼굴의 공통점이 있다면, 내 것이지만 정작 남이 더 많이 사용한다는 것이다.

"책상 위에 흉터 크림 있어. 비싼 거야. 우선 그거라도 부지런히 발라."

집에 도착하기 무섭게 엄마는 또 흉터 타령이다. 나는 알았다는 대답과 함께 방에 들어선다.

오늘 아침에 본 얼굴은 가을 낙엽이었다. 설명을 덧붙이자면, 낙엽을 한데 모아놓고 다리미로 꾹 눌러놓았다고나 할까? 짙고 흐린 갈색들이 뒤엉킨 바탕 위로 군데군데 선명한 잎맥이 있었다. 그 사이로 언뜻 스치는 흰색은 이마에 붙인 반창고였다.

"여름도 오기 전에 가을로 넘어가네."

나는 의자에 앉아 책상 위 연고를 만지작거린다. 손의 감각만으로 꼼꼼하게 바를 수 있을까 싶다. 나는 고개를 돌려 옷장 옆에 세워둔 전신 거울을 바라본다. 비록 얼굴을 볼 수 없지만, 옷매무새는 신경 써야 한다. 매일 아침 교복으로 갈아입고 아주 잠깐 거울 앞에 선다. 대략적인 상태만 훑어본 후 방을 나선다. 내가 거울 앞에 서 있는 시간은 채 1분도 되지 않는다.

물끄러미 바라본 거울 속에는 얼굴 가득 눌린 낙엽 범벅인 여자애가 있다. 신인지 악마인지 모르겠지만 나를 이렇게 만든 존재는 아무래도 인상주의 화풍이 취향이거나 추상화에 조예가 깊지 싶다. 다시 책상으로 시선을 돌리는데, 순간 선명한 뭔가가 눈앞을 스쳤다. 설마 싶은 마음에 나는 자리에서 일어나 천천히 거울 앞으로 다가간다. 그 즉시 내 입에서는 새된 비명이 터져 나오고, 동시에 벌컥 방문이 열리더니 "왜 그래?" 나보다 훨씬 높은 데시벨로 엄마가 소리친다.

"어……, 엄마……, 나…… 이마에…… 휴…… 흉터가…… 보여."

거울 속의 나와 엄마를 번갈아 보며 더듬거렸다. 엄마가 성큼 다가와 팡팡, 내 등을 내리친다. 이토록 강한 스파이크에도 이상하게 등허리에 감각이 없다.

"스무 바늘이나 꿰맸는데 그럼 감쪽같이 없어졌겠니? 우선 흉터 크림이라도 열심히 발라. 레이저 치료도 잘 알아보고 해야지, 무턱대고 했다가는 더 크게 흉 진대. 엄마가 여기저기 잘 알아볼 테니까 좀 기다려. 난 또 뭐라고. 갑자기 소리 질러서 벌레라도 나온 줄 알았다."

엄마는 혀를 차며 방을 나간다. 나는 조금 더 가까이 거울로 다가간다. 어지러운 낙엽 사이로 보이는 건, 분명 내 이마에 남은 흉터다. 손가락

두 마디 정도에 지렁이보다 가는 굵기다. 내가 이곳을 부딪혔구나. 사물함 모서리에 찍혀 이마가 이 모양으로 찢어졌구나. 그렇게 스무 바늘이나 꿰맸구나. 이게 바로 내 흉터구나. 지금까지 얼굴을 다쳐본 기억은 없는데 태어나서 처음으로 얼굴이 찢어졌다. 처음으로 꿰맸고 또 처음으로 내 얼굴을 보게 됐다. 비록 보기 싫은 흉터라 할지라도, 나는 난생처음으로 진짜 내 얼굴과 마주했다.

천천히 손을 들어, 흉터를 만져본다. "안녕?" 나는 내 얼굴, 정확히는 내 작은 흉터에게 인사한다.

"라미. 라미. 정라미."

나는 라미에게 달려가서는 불쑥 얼굴을 들이민다. 놀란 녀석이 주춤거리며 반걸음 뒤로 물러선다.

"야, 내 이마 흉터 보여?"

"어제 실밥 풀러 간다더니."

라미가 대충 이마를 살피고는 휘휘 손을 내젓

는다.

"야, 그렇게 잘 안 보여. 너희 엄마가 레이저 치료해준다며."

잘 안 보인다니, 내 눈에도 이렇게 보이는데. 이 녀석에게 안 보일 리가 없다. 오늘도 아침에 일어나기 무섭게 거울 앞에 섰다. 일어나자마자 거울 앞으로 달려간 적은 지금까지 단 한 번도 없었다. 오늘은 온통 파란색 물감을 흩뿌린 얼굴이다. 그 푸른 바닷속에서 작은 흉터만이 조각배처럼 봉긋이 떠 있었다. 내 얼굴이다. 내 진짜 얼굴의 흉터가 선명했다.

"잘 봐봐. 보이지? 선명하지? 또렷하지 않아? 오돌토돌하게 튀어나왔잖아."

나는 금방 터져 나오려는 웃음을 애써 삼킨다.

"시울아, 의학은 발전했다. 그렇게 걱정하지 않아도 돼. 흉터는 시간 지나면 흐려지고, 깨끗하게 지울 수도 있어."

그 한마디에 한껏 떠오르던 기분이 추락한다. 내 흉터도 시간이 지나면 사라질까? 그럼 다시 안 보이게 될까? 그땐 또 어디다 얼굴을 부딪혀야 할까? 혼자서 심각하게 고민한다.

"앞머리 내리는 게 어때? 그럼 흉터 가릴 수도 있……."

"미쳤어? 이 흉터는 내 얼굴이란 말이야. 얼굴을 왜 가려?"

"시울아. 인시울?"

라미가 허공에 딱딱 두 손가락을 튕긴다. 나는 빙긋이 웃으며 고개를 돌린다.

"너 왜 그러니? 이마보다 더 안쪽을 다쳤니? 피부과 말고 뇌 쪽으로 가야 해?"

내 얼굴을 볼 수 있다는 건 정말 놀라운 일이다. 비록 그것이 아주 작은 일부라 해도. 나는 여봐란듯이 주머니에서 손거울을 꺼낸다. 오늘 아침 안방 화장대에서 가져온 것이다. 그 동그란 세상 속에는 여전히 작고 선명한, 나의 귀여운 흉터가 들어 있다. 바로 내 얼굴이다.

"너도 어지간히 신경 쓰이나 보다. 웬일로 손거울까지 다 가져오고."

라미가 이렇게 말하고는 찰싹 소리 나게 팔을 때린다.

"야, 혹시 오늘 미술 수업 때문에 가져온 거야? 그렇게 작은 건 안 된다고 했잖아?"

"아니야. 수업 시간에 쓸 건 가방에 있어."

나는 손거울을 보며 흉터를 어루만진다. 손의 감각이 아닌 눈으로 보는 얼굴이 신기하다. 그리고 이상하게 기분이 좋다. 남들에게 보기 싫은 흉터면 어때? 내 마음에만 들면 그만이지.

"시울아, 그렇게 실실 웃지 마. 너 되게 무서워지려고 해."

앞니가 살짝, 그것도 아주 살짝 틀어진 걸 인생 최대 고민이라 말하는 녀석이다. 그런 라미가 지금의 내 기분을 알 턱이 없겠지. 만약 마법이 일어나 내일이라도 당장 내 얼굴 전체를 볼 수 있다면, 거울에 고스란히 비친다면 그땐 어떤 기분이 될까? 이렇게 작은 흉터 하나에도 가슴이 올랑거리는데, 그 주인에게 얼굴을 한꺼번에 공개한다고?

"아, 그건 좀…… 감당할 자신 없는데?"

"나는 오늘 네가 감당이 안 된다."

라미가 도리질 치며 운동장을 가로지른다. 나

는 한 번 더 거울을 확인하고는 싱긋이 웃는다. 푸른 물결 속 작은 흉터는 마치 바닷속에서 헤엄치는 물고기 같다. 눈을 들어 바라본 아침 햇살이 강하다. 머지않아 뜨거운 여름이 올 것이다.

'자외선 차단제 잘 바르고 다녀. 햇빛에 노출되면 흉터 진해진다잖아.'

나는 하늘을 향해 당당히 고개를 든다. 엄마에게 미안하지만, 흉터 연고도 자외선 차단제도 바르지 않았다. 오늘 내 얼굴은 푸른 바다를 만끽하고 있다. 아니면 아주 깊고 맑은 호수인지도 모르겠다. 무엇을 상상하든 그냥 기분이 좋다.

렘브란트, 프리다 칼로, 알브레히트 뒤러, 프란시스코 고야, 그리고 빈센트 반 고흐까지. 미술계에 한 획을 그었던 화가들의 그림이 화면에 차례로 지나간다.

"거장들의 작품을 따라 하라는 이야기는 아니다. 물론 따라 하기도 쉽지 않겠지만."

미술 선생님이 말을 멈추고 딱 두 손을 맞부딪친다. 그만 잠에서 깨어나라는 신호다.

"그냥 스스로를 그리면 돼. 똑같이 그리라는 게 아니야. 앞서 설명했듯 자화상은 단순히 얼굴을 그리는 게 아니다. 부담 없이 솔직하게 너희 자신을 마음대로 표현해봐. 단 누가 봐도 얼굴이구나 싶게는 그려. 우스꽝스러운 캐리커처도 좋고 표정에 감정을 담아서 표현해도 돼. 거울 속 그 너머에 보이는 무언가도 좋아. 그걸 표현하거나 나타내면 좋겠어. 그렇다고 너무 장난하면 안 돼. 알다시피 이거 수행 점수에 들어간다. 오늘 수업 안에 다 끝내도록."

반장이 칠판에 준비물을 적을 때부터 이미 눈치챘다. 세워놓을 수 있는 거울이라니. 미술 시간에 거울의 용도라면 빤하지 않은가.

"시시덕거리고 장난칠 시간 없다. 오늘 다 못 끝내면 아무리 고흐나 세잔, 렘브란트처럼 그려도 점수 안 나가."

그제야 슥슥 삭삭 연필 소리가 들린다. 나는 물끄러미 앞에 놓인 거울을 쳐다본다. 그 안에는 푸른 물결 속에 갇혀 있는, 어쩌면 지워진 얼굴이 있다.

예술혼을 펼치는 진지한 분위기는 채 5분을 가지 못한다. 여기저기서 "보정 후를 그리면 어쩌냐?" "너나 성형 후 그리지 마" 같은 소리가 들려온다. 포토샵 보정 후든, 의술의 힘을 빌린 성형 후든, 그렇게라도 자화상을 그릴 수 있는 아이들이 나는 부럽다.

"왜 멍하니 있어?"

선생님이 다가와 묻는다. 나는 어색한 표정으로 애써 웃으려 노력한다. 제발 내 얼굴이 울기 직전으로 보이지 않기를 바랄 뿐이다.

"꼭 똑같이 그리지 않아도 돼."

마디가 굵은 손가락이 하얀 백지를 톡톡 건드린다. 붓을 오래 잡은 손일까? 아니면 조각을 많이 한 손? 흙을 만졌을 수도, 나무나 대리석에 생명을 불어넣었을 수도 있다. 문득 궁금해진다. 저 손으로 과연 어떤 작품들을 탄생시켰을까.

"거울 그 너머에 보이는 게 있으면 그걸 표현해봐."

정말 그래도 될까? 순간 더운 바람처럼 어떤 열기가 훅 하고 가슴에 불어온다. 똑같이 안 그려도 된다는 설명과 거울 너머를 보라는 충고가 내 귀에는 조금 달리 들린다.

'오직 네 눈에 보이는 걸 그려. 그냥 지금, 이 순간을 표현해봐.'

오늘의 주제는 자화상이다. 그냥 자신의 얼굴을 그리면 된다고 했다. 나는 거울을 노려보다, 곧바로 채색 준비에 들어간다. 팔레트에 파란색과 하늘색, 회색과 검은색 물감을 짜놓는다. 하나로 질끈 묶은 머리는 검은색으로 덮는다. 대략 윤곽만 잡은 얼굴에 하늘색과 회색 그리고 약간의 파란색을 칠하기 시작한다. 이목구비는 없다. 눈썹도 보이지 않는다. 나는 거울에 비친 내 모습에만 집중한다. 만약 왜 이런 괴상한 자화상을 그리냐 묻는다면 대답은 하나뿐이다. 지금 내가 볼 수 있는 유일한 내 얼굴이다. 마지막으로 이마에 흉터를 도드라지게 그린다.

"와! 인시울? 너 진짜 예술 하냐?"

"뭐지, 이 충격적이고 아방가르드한 작품은?"

"이게 자화상이야? 너 제대로 꼼수 부린다. 뭔가 예술을 지향하는 척하면서 슬쩍 눈 코 입 다

생략하는 이 잔머리. 매우 칭찬해."

"그래도 양심은 있네. 남들 못 알아볼까봐, 흉터는 확실하게 그려놓고."

"이건 아니지. 누군 한 시간 내내 눈 코 입만 그렸는데?"

아이들이 배고픈 하이에나 떼처럼 몰려든다. 하긴 내가 봐도 물어뜯기 딱 좋은 그림이다.

"뭘 의도한 거지?"

웅성거리는 목소리 사이로 선생님이 삐죽이 고개를 내민다. 나는 거울에 비친 얼굴과 내가 그린 자화상을 번갈아 본다.

"그런 거 없어요."

선생님이 한쪽 눈썹을 움찔거린다. 뭔가 재미난 장난감을 발견한 표정이다.

"그냥 제 눈에 보이는 걸 그렸어요."

누군가 짝짝 손뼉을 친다. 아이들은 인상파, 입체파, 야수파, 다다이즘, 모더니즘, 큐피즘, 해체주의까지 미술 시간에 배운 것들을 마구잡이로 내뱉는다. 마지막으로 청록파를 외친 누군가는 선생님에게 기어이 머리를 쥐어박힌다.

"그럼 이마의 흉터는 어떤 상징인가?"

"적어도 지금은 가장 도드라지는 부분이라서."

선생님이 내 이마를 보고는 한쪽 입꼬리를 말아 올린다. 허! 이 녀석 봐라? 싶은 표정이다. 지금은 미술 시간이다. 결국 그림에 한 가지 답은 없다. 그건 어쩌면 인간의 시선도 마찬가지가 아닐까. 우리는 모두 각자의 시선으로 세상을 보고 있다.

"멋진데?"

선생님이 한마디를 남긴 후 몸을 돌려세운다.

"와, 쌤, 그럼 우리도 저렇게 그려도 돼요?"

껑충한 뒷모습을 보며 아이들이 웅성거린다.

"모방은 범죄고, 나는 아류작을 아주, 매우, 대단히 싫어하지."

웅성거림은 결국 한탄과 야유로 변한다. 나는 이상하게 목울대가 아려온다. 지금껏 이 간단한 한마디를 하지 못했다. 그냥 내 눈엔 이렇게 보인다고. 그리고 비로소 알게 되었다. 생각보다 사람들은 타인의 외모뿐 아니라 생각과 가치관에도 크게 신경 쓰지 않는다는 사실을. 내가 어떤 세상에 살고 있는지, 내가 어떤 시선으로 세상을 보는지에 별 흥미가 없다. 굳이 눈 코 입을 그리지 않아도, 얼굴을 온통 푸른색 범벅으로 칠해놓아도, 그것이 너의 시각이고 너의 느낌이라면 괜찮다고 말한다. 그렇기에 우리는 모두 각자의 세상을 살아가는 것이다.

속이 뻥 뚫리는 시원한 미술 시간이 끝났다. 적어도 나에게만은 그랬다는 얘기다. 주위를 정리하는데 머리 위로 불쑥 그림자가 드리워진다. 고개를 들었더니 눈앞에 익숙한 얼굴이 있다. 왜? 표정으로 묻자 묵재가 미술실 뒷문을 눈짓한다. 그렇게 잠깐 나오라는 신호를 주고는 뒤돌아 걸음을 옮긴다. 나도 얌전히 그 뒤를 따라 나선다. 미술실 가득 알싸한 물감 냄새가 떠다닌다. 창으로 들어온 햇살이 바닥에 뾰족한 무늬를 그려 넣는다.

묵재가 문을 열고 들어간 곳은 미술실 옆 소강당이다. 행사 때만 간간이 사용하는 곳이다. 있는 것이라고는 의자와 단상이 전부라서 특별히 문을 잠가놓을 필요도 없다. 텅 빈 강당에 싸늘한 냉기가 흐른다.

"왜?"

나는 두 가지가 궁금했다. 그 첫 번째는 묵재가 내게 할 말이 뭐냐는 거고, 두 번째는 그 말을 전하기 위해 이렇듯 텅 빈 강당까지 필요하냐는 것이다.

그 궁금증에 대답해주겠다는 듯 묵재가 몸을 돌려세운다.

"왜긴? 네 그 흉터 어떻게든 깨끗이 낫게 해줄 테니까, 안심하라고."

상대는 분명 한국말을 하는데, 나는 전혀 이해되지 않는다.

"무슨…… 소리야?"

묵재가 강당보다 싸늘한 눈빛으로 머리를 쓸어 넘긴다. 폭발하기 일보 직전인데 간신히 참고 있다는, 뭐, 그런 뉘앙스로 보인다. 아니 분명 그러하다.

"차라리 나 때문에 이렇게 됐다고 대놓고 욕을 해. 괜히 신경 쓰지 말라면서, 그딴 식으로 에둘러 비꼬지 말고."

나는 느리게 두 눈을 끔뻑인다. 뭐지, 이 밑도 끝도 없는 갑작스러운 분노는?

"너야말로 지금 무슨 얘기를……."

"네 얼굴에서 가장 도드라진 부분이라 흉터만 그렸다고? 혼자 쿨한 척하지 말고, 깨끗하게 정식으로 손해배상 청구해라. 그게 은근슬쩍 사람엿 먹이는 것보다 훨씬 쿨해 보이니까."

반쯤 벌린 입이 다물어지지 않는다. 내가 말을 못 하는 건 너무 황당해서 사고 회로가 정지된 탓이다. 그런데 묵재는 내 어버버를 보며 정곡을 찔렀다고 믿는 것 같다.

"야, 우리 아빠랑 상관없이, 내가 알바라도 해서 네 흉터 깨끗이 지워줄 테니까, 걱정하지 마라."

와, 감동해 딱 죽어버리고 싶다. 물론 그림의 주관적 감상은 존중되어야 하나, 내 자화상을 이렇게 해석할 줄은 전혀 몰랐다.

"강묵재, 너 완전 억지다."

"그래, 네 자화상에 유일하게 그린 흉터는 예술이고."

이 말을 끝으로 묵재가 유유히 강당을 빠져나간다. 뒤이어 수업 시작을 알리는 종이 울린다. 그런데 바닥에 붙은 두 다리가 전혀 움직이지 않는다.

"와, 진짜…… 어떻게…… 남 사정도 모르고……."

분하고 억울하고 서럽지만, 묵재가 내 사정을 모르는 건 당연하다. 세상에 유일하게 자신의 얼굴만 볼 수 없는 사람이 있다는 걸 상상조차 못할 테니까. 묵재 입장에선 자신을 향한 간접적 공격이라 생각했겠지. 유치한 방법으로 불만을 표출한다고 믿었겠지.

"뭐? 알바를 해? 그 성격에 픽이나."

나는 쾅쾅 바닥에 짜증을 토해내며 벌컥 문을 열어젖힌다. 복도가 무서우리만큼 조용하다. 젠장, 수업이 시작됐다는 뜻이다.

13

"무슨 뜻이야?"

라미가 토끼처럼 동그랑땡을 오물거린다. 식판에는 잡채와 동그랑땡, 궁중떡볶이까지 있다. 임금님 수라상을 방불케 하는 메뉴인데도 어쩐지 입맛이 돌지 않는다.

"너는 내 자화상 보면서 어떤 느낌이 들었느냐고?"

"꼭 뭘 느껴야 해?"

라미가 새초롬한 표정으로 말한다. 생각해보니 자의식과잉에 나르시시즘까지 충만한 질문이다.

"네가 그렇게 그리고 싶었나 보다, 그 이상으로 뭐 느낄 게 있어? 야, 너 잡채 안 먹어? 이거 불면 맛없어. 나 먹는다."

나는 힘없이 고개를 끄덕인다. 잡채를 안 먹겠단 뜻이 아니다. 단지 네 말에 수긍한다는 의미였는데, 라미의 젓가락은 이미 잡채를 낚아챘다.

"야, 그런데 왜 하필 파란색으로 칠했어? 얼굴이 무슨 바다가 됐잖아."

잡채가 호로록 라미의 입안으로 빨려 들어간다.

"너는 색깔이 가장 눈에 띄었어?"

"당연하지 않냐? 눈 코 입도 없는데. 다른 게 눈에 띌 게 뭐 있어. 머리 스타일이야 뭐, 원래 네 머리로 그렸잖아."

순간 옆 테이블이 시끄럽게 웅성거린다. 떡볶이는 종류를 불문하고 모두 다 싫다는 누군가의 말에, 나머지는 눈 셋 달린 외계인을 보듯 뜨악한 표정이 된다. 나는 내 식판에 놓인 궁중떡볶이를 내려다본다. 이걸 싫어할 수도 있구나? 생각하는데 라미가 다시 묻는다.

"너, 쟤랑 무슨 일 있냐?"

라미가 턱짓한 곳에 멀리 묵재가 앉아 있다. 두 사람이 나란히 미술실을 빠져나간 걸 봤을 테지. 그 탓에 수업에 늦었고 교실로 돌아온 내 얼굴은 분명 떫은 감 씹은 표정이었을 것이다. 나는 라미를 향해 입술을 달싹이다 이내 한숨을 내쉰다.

세상에는 자신의 흉터밖에 볼 수 없는 인간이 있어서, 그걸 말했을 뿐인데, 그 한마디에 왈칵 화를 내는 또 다른 인간도 있고, 남의 그림 따위 전혀 관심 없는 사람과 떡볶이를 싫어하는 사람도 있으니까. 굳이 누구의 잘못이라고 콕 집어 말할 수는 없다는 말이다.

"혹시 쟤가 네 그림 가지고 한마디 했냐? 그냥 그런가 보다 해. 쟤 입장에서는 당연히 신경 쓰이겠지. 고의든 아니든 자기 때문에 흉터 생겼는데. 야, 너 동그랑땡 안 먹으면……."

나는 라미의 젓가락으로부터 재빨리 동그랑땡을 지켜낸다.

"나도 알아."

뭐? 하는 표정으로 라미가 두 눈을 깜빡인다.

"동그랑땡 맛있는 거 나도 안다고."

물론 나도 알고 있다. 묵재가 내 얼굴, 정확히는 이마를 자주 흘낏거린다는 사실을. 그러다 나와 눈이 마주치면 화들짝 놀라 시선을 돌린다는 것도 알고 있다. 생각보다 죄책감이 컸나 보다. 나는 동그랑땡을 입에 넣고 우물거린다. 비릿한 육즙이 입안에서 퍼진다. 역시 동그랑땡은 따뜻할 때 먹어야 맛있다.

책상에 앉아 핸드폰을 만지작거린다. 벌떡 일어나 침대에 몸을 날린다. 멍하니 천장을 바라보다 다시금 핸드폰 화면을 연다.

—오늘 저녁 7시, 살별 공원, 쉼터 벤치.

독립군의 접선 암호 같은 톡을 보낸 후, 잘근잘근 손톱 끝을 물어뜯는다. 상대가 확인했다는 표시로 1이 사라진다. 하지만 답장은 없다. 나오겠다는 건지, 무시하는 건지 알 수 없다. 그렇다고 올 거야? 되묻는 것도 어쩐지 이상하다. 물론 저 메시지를 보냈을 때 이미 이상한 사람이 됐지만.

방을 나서려는데 책상 위의 카드가 보인다. 잠시 고민하다 카드를 집어 주머니에 넣는다. 거실로 나오자 고소한 기름 냄새가 풍겨온다.

"잠깐만 나갔다 올게."

"저녁 먹을 시간인데 갑자기?"

아빠가 손에 국자를 든 채 돌아선다. 나는 어색한 미소로 금방 돌아오겠다고 말한다. 아무리 생각해도 그럴 확률이 높을 것 같다.

평소라면 사람들로 붐볐을 공원이 한산하다.

아빠 말처럼 저녁 먹을 시간이다. 공원 주위의 아파트 숲들이 하나둘 불을 밝힌다. 해거름이 늦어졌다. 서서히 하늘 귀퉁이가 오색빛으로 물들어간다. 공원에는 아이들이 뛰어놀 수 있는 작은 운동장이 있고 그 옆으로 농구 코트가 있다. 공원을 뺑 둘러 산책로가 조성되어 있다. 자전거와 인라인스케이트를 탈 수 있는 전용 길도 만들어 놓았다. 멀리 철제 운동기구들이 보인다. 나는 주머니에 손을 찔러 넣고는 터벅터벅 쉼터 벤치로 걸어간다. 메리골드 같은 주홍빛 가로등이 한적한 공원을 굽어본다.

혹시나 하는 마음에 와봤는데 역시나 아무도 없다. 어르신 두 분이 삐걱삐걱 소리를 내며 저녁 운동을 하신다. 하긴 나올 의무도, 이유도 없겠지. 막상 나온다 해도 특별히 할 말이 있는 것도 아니다. 사실 나는 얼굴이 보이지 않는다고, 매일 아침 거울에 비친 내 모습은 온갖 희귀한 문양으로 얼룩져 있다고 해봤자 믿지 않을 테니까.

그 순간 주머니에서 진동이 느껴진다. 재빨리

핸드폰을 꺼내 확인하자 나도 모르게 한숨이 터져 나온다. 언제 들어오냐는 아빠의 톡이다. 나는 털썩 벤치에 주저앉아 답을 보낸다.

—미안, 엄마 아빠 먼저 드세요. 나 저녁 먹고 들어갈 것 같아.

밥 생각은 내 흉터만큼도 없다. 서늘한 공기가 잠시 주위를 맴돌다 사라진다. 부드럽고 시원하다. 나는 손을 들어 습관처럼 이마를 만져본다. 여전히 오돌토돌한 감각이 느껴진다. 내 눈에도 보이는 이 흉터는, 엄연한 내 얼굴이다.

"왜?"

한마디에 열심히 뛰던 심장이 멈춘다. 깜짝 놀라 눈을 돌리자 껑충한 그림자가 서 있다. 인기척조차 듣지 못했는데 어느 틈에 왔을까? 삐걱삐걱 운동기구 소리에 묻힌 모양이다.

"밥……밥 먹었어?"

내 입에서 엉뚱한 소리가 튀어나온다. 이건 아빠의 밥 타령 때문이다.

"그거 물어보려고?"

설마 진짜 그걸 물어보려고 여기까지 불러냈

을까? 하지만 진짜 모르겠다. 내가 왜 묵재에게 연락했는지.

묵재가 조용히 옆자리에 앉는다.

"미안하다."

생각지도 못한 한마디에 나는 당황한다. 사과를 하려면 내가 해야 할 텐데 묵재가 먼저 툭 하고 내뱉었다. 이런 분위기를 원한 게 아니었다. 안 그래도 정리 안 된 머릿속이 더 엉망으로 뒤엉키기 시작한다.

"내가 좀 꼬였다. 인시울 네가 설마 일부러 그랬겠나? 뭐 일부러 그랬어도 내가 억울해할 자격은 없지. 네 자화상인데 어떻게 그리든 그건 네 마음인 거고."

비록 고의가 아니었더라도 묵재는 내 흉터에 죄책감을 느낀다. 마찬가지로 내가 어떤 의도로 자화상을 그렸든, 묵재를 건드린 것 또한 사실이다.

"네가 어떻게 받아들일지 모르겠지만……."

나는 어깻숨을 내쉬며 천천히 마음을 가라앉힌다.

"사람은 누구나 흉터를 하나쯤은 가지고 있는 것 같아. 눈에 보이는 육체에나, 보이지 않는 마음에나."

묵재는 언제나처럼 조용하다. 나는 입술을 잘근거리다 다시 말을 잇는다.

"나는 인간이 스스로를 정확히 보는 게 의외로 힘들다고 생각해. 그런데 어떤 사건이나 계기로 인해 비로소 보일 때가 있어. 그것이 더 나은 부분일 수도 있지만, 애써 감추려 했던 아픔이 수면으로 올라올 수도 있어. 누군가에겐 상처가 될 수도 있다고. 뻔한 말이지만 어쨌든 흉터는 그 고통의 시간을 지나왔다는 상징이니까, 굳이 감춰야 할 필요는 없는 것 같아."

나는 꽉 두 눈을 감는다. 뭔가 설명하면 할수록 이야기가 이상해진다.

"그러니까 내 말은, 나는 이 흉터를 빨리 지우거나 어떻게든 없애야 하는 그런 나쁜 것이라고 생각 안 한다는 거야. 나는 그냥 이 흉터도 내 얼굴의 일부분이라 생각하니까. 이 상처로 인해 내가 그 전에 볼 수 없던 뭔가를 볼 수 있는지도 모르잖아."

이쯤에서 묵재가 뭐라고 한마디 해주기를 바란다. 지금 무슨 소리 하냐며 왈칵 짜증이라도 토해내면 좋겠다. 그런데 묵재의 입에서는 놀라운 한마디가 튀어나온다.

"계속해봐."

나는 과연 묵재가 무엇을 이해하길 바라는 걸까? 나는 대체 무엇을 전하고 싶은 걸까?

"사실 처음에는 아팠는데, 이제는 괜찮다는 거야. 네가 이상하게 생각할지 모르겠지만 나는 이 흉터랑 그럭저럭 잘 지내. 어쨌든 내 일부가 되었으니까."

전에는 보지 못했던, 보이지 않던 내 얼굴의 아주 작은 부분이 보이기 시작했다. 남들 눈에 어떻게 보이든 내겐 전혀 중요치 않았다. 흉터나 상처라 판단하는 건, 그러니 빨리 없애고 지우라 말하는 건, 모두 타인의 시선이다. 적어도 내 눈에는 그렇게 보이지 않는다. 나는 아침마다 볼 수 있는 이 흉터가 반갑고 또 좋다.

"자화상도 네가 생각하는 그런 의미로 그린

거 절대 아니야. 나는 내 흉터 진짜 나쁘게 보고 있지 않거든."

나는 또다시 어깻숨을 내쉰다. 내 안에 꽉 막혔던 무언가가 조금은 뚫린 기분이다. 이런 이야기를 묵재에게 하게 되리라고는 상상하지 못했다. 원래 삶이란 핸들이 고장 난 차를 운전하는 것과 같다. 의도한 대로, 계획한 방향으로 가는 경우가 극히 드물다. 어째 이번에는 가로수를 제대로 들이받은 것 같다.

"몇 년 전 검은 원피스, 그 사건 알지?"

"어? 응?"

대답인지 질문인지 모를 말이 멋대로 튀어나온다.

"그날 죽은 사람."

묵재가 나를 향해 고개를 돌린다. 비록 평생 본 적은 없지만 한 가지만은 느낄 수 있다. 지금 내 표정이 매우, 대단히 바보 같다는 사실을.

"우리 엄마라는 것도 알지?"

"아니……. 나는…… 잘…… 모르는……."

그만해라, 싶은 표정으로 묵재가 피식 웃는다.

연기 쪽에는 재능이 없단 뜻이다. 나는 언젠가 카메라에 찍힌 싱거운 미소를 눈앞에서 본다.

"나 학교에서 좀 유명한 줄 알았는데. 자의식 과잉인가봐?"

괜스레 목덜미를 긁적인다. 참, 사람 할 말 없게 만드는 것도 재능이라면 재능이다. 묵재가 허벅지에 두 팔을 늘어뜨리고는 상체를 앞으로 기울인다. 몸의 긴장을 푸는 것 같기도, 어두워지는 공원 숲을 좀 더 자세히 보려는 것도 같다.

"우리 엄마 심각한 알코올중독자였어. 몇 번 입원도 했었는데 그때뿐이더라. 늘 취해 있는 엄마를 봐서, 맨정신일 때가 오히려 더 이상했을 정도야."

묵재의 목소리가 서늘한 공기 속에 녹아든다. 나는 어둠에 물들어가는 옆모습을 바라본다.

"가장 이해가 안 된 사람은 아빠였어. 왜 이혼을 안 할까? 매일같이 술에 취해 널브러져 있는, 그렇게 반쯤 죽어 지내는 아내를 왜 떠나지 못할까? 나 때문일까? 아니, 오히려 나 때문이라도 이혼해야 하지 않을까?"

알코올중독자인 엄마를 깨끗이 지워버리고 싶었다. 그러나 절대로 지워지지 않을 상흔이었다. 묵재에게 집은 가장 견디기 힘든 곳이었다. 늦은 밤 엄마가 술에 취해 죽은 듯 잠이 들면, 그제야 아빠와의 평온한 저녁을 맞이할 수 있었다.

묵재는 언제 어디서든 밝은 모습으로 생활했다. 아니, 그렇게 보이려 노력했다. 묵재 곁에는 아빠가 있으니까. 어떤 부탁이나 고민도 다 들어주며 마음껏 기댈 수 있는, 산처럼 높고 바다처럼 넓은 아빠가 있었다. 그러니 늘 술에 취해 반시체처럼 사는 엄마는 참을 수 있었다. 참아야 한다고 믿었다. 그것만이 아빠를 위하는 길이니까.

"중학교 2학년 때 학교에서 돌아왔는데 집 안이 또 엉망이더라. 엄마가 술에 잔뜩 취하면 가끔 집을 뒤집어놓았거든."

그날은 평소와 조금 달랐다. 일찍 퇴근한 아빠가 거실 한가운데 서 있었다. 엄마는 언제나처럼 주방 식탁에 앉아 술을 마셨다. 바닥에 깨진 술병과 유리잔이 널브러져 있었다. 그리고 아빠의 이마에서 검붉은 피가 흘러내렸다.

"모르겠어. 엄마가 유리잔을 던졌는지 술병을 던졌는지. 아마 또 약간의 실랑이가 있었을 거야. 그 과정에 사고가 났겠지. 다친 아빠를 보는데 정말 온몸의 피가 다 식는 느낌이더라. 그때 처음으로 엄마한테 말했어. 우리 좀 놔달라고. 제발 아빠랑 나 좀 놓아달라고 미친놈처럼 울면서 소리쳤어. 나라도 그렇게 해야 한다고 믿었어. 아빠는 절대 못 할 테니까. 엄마를 떠나지도 떠나보내지도 못할 테니까."

어둠 속에서 흐린 불빛이 어지럽게 움직인다. 하얗게 안광을 내뿜던 고양이들이 풀숲 너머로 흩어진다.

"일주일 뒤 사고가 났어. 소문 그대로야. 진짜 그렇게 우리 엄마가 죽었어."

술에 취해 방에 들어가 자는 줄 알았다. 늘 그래왔으니까. 두 사람은 엄마가 사라졌다는 사실조차 몰랐다. 묵재는 습관처럼 이어폰을 착용했고, 아빠는 늦은 밤까지 회사 동료와 통화 중이었다. 엄마가 검은 원피스 차림으로 밖으로 나갔다는 건, 붉은 신호등임에도 길을 건넜다는 건, 병원에서 걸려온 전화 한 통으로 알게 되었다.

"물론 놀랐어. 하지만 죽을 만큼 슬프진 않았어. 엄마한테는 정말 미안하지만, 솔직히 긴 터널에서 빠져나온 기분이었어. 아빠와 나 둘 다 서로에게 아무 말도 하지 않았어. 그런데 문득 이상한 예감이 드는 거야. 아빠가 이대로 영원히 사라질 것 같은 무서운 느낌. 학교에서 돌아왔는데 아빠 짐이 모두 없어진 악몽까지 꿨어."

"아빠도 충격이 크셨겠지. 어쨌든 우리는 어른의 세계를 잘 모르니까."

아무도 상대를 완벽히 알 수 없다. 설령 가족이라 해도, 누군가의 세계를 완전히 아는 건 불가능하다. 묵재의 아빠가 왜 이혼하지 않았는지, 그 고통을 어떻게 묵묵히 참아냈는지는 오직 자신만이 알 수 있을 것이다.

귓가에 긴 한숨 소리가 들려온다. 삐걱삐걱 울리던 운동기구 소리는 어느새 사라졌다. 어둡고 차가운 밤이 가까이 다가온 기분이다. 그래서일까? 익숙한 공원이 오늘따라 생경하게 보인다.

마치 꿈인 듯 현실감각이 사라진다. 나는 조용히 묵재의 이야기를 기다린다.

"아빠는 절대 술을 마시지 않았어. 지겹고 끔찍했을 테니까. 그런데 엄마 죽은 후, 저녁이면 늘 만취가 되어 돌아왔어. 나에게는 아무 말도 없이, 잘 자라는 인사조차 없이, 방에 들어가 쓰러져 잠이 들었어. 혹여 나에 대한 원망일까 싶어 숨이 막히더라. 그렇게 몇 주가 흘렀어. 하루는 어쩐 일로 일찍 퇴근한 아빠가 나를 보더니 툭 한마디 던지는 거야."

묵재의 얼굴에 설핏 미소가 지나간다.

"라면 먹자. 같이 먹으려면 세 봉은 끓여야지?"

그 한마디에 고이지도 못한 눈물이 떨어졌다. 어린아이처럼 엉엉 소리 내어 통곡했다. 묵재는 본능적으로 느꼈을 것이다. 아빠가 드디어 돌아왔다는 사실을. 늘 곁에 있으리라는 진한 안도가 가슴속에서 터져 나왔다. 그 뒤로 부자의 삶은 새벽 거리처럼 고요했다. 봄볕처럼 따뜻하고 평화로웠다. 집 안에 고여 있던 찌든 술 냄새가 지워지자 그 사이로 웃음과 활기가 찾아들었다. 그렇게 시간은 빠르게 흘러갔다. 두 사람의 생활에서 엄마와 아내는 오래된 흉터처럼 그 흔적만 남았다. 더는 아프지 않았다. 적어도 묵재는 그랬다. 자세히 보지 않으면 흉터가 있었다는 사실조차 모를 정도였다. 엄마의 기억은 서서히 바래져갔다.

사람들이 다시 하나둘 공원으로 몰려든다. 저녁을 먹은 후 산책하러 나온 모양이다. 꼬마들이 자전거와 인라인스케이트를 탄다. 조용했던 운동기구가 또다시 삐걱삐걱 소리를 낸다. 모자 쓴 아주머니가 산책로를 빠른 걸음으로 지나간다. 꿈속인 듯 몽롱했던 머릿속이 소란스러운 현실로 돌아온다. 누군가 농구 코트에서 탕탕 농구공을 튕기자 묵재의 시선이 소리 나는 쪽으로 돌아선다.

"안 물어보네?"

나는 발끝으로 괜스레 툭툭 땅을 파본다. 주변을 떠도는 공기는 잔뜩 가라앉았는데 이상할 정도로 이 분위기가 편안하다.

"나 1학년 때 가출했던 거, 그것도 몰라?"

인정하기 싫지만 묵재는 내 생각의 흐름을 정확히 꿰뚫고 있다. 라미의 말대로, 엄마의 충격적인 부재는 이유가 아니었다. 모든 것이 평온해졌다면 대체 왜 그런 짓을 저질렀는지 궁금했다. 하지만 나는 또다시 애꿎은 땅만 괴롭히며 부러 불퉁거린다.

"알아. 뭐, 뒤늦게 사춘기가 왔나 보지."

싱거운 웃음을 내뱉고는 묵재는 침묵한다. 생각보다 잘 웃는 녀석이다. K중학교를 졸업한 라미에 의하면, 묵재는 앞에 나서길 좋아할 정도로 활발한 성격이라 했다. 남들도 잘 웃겨 피식맨이라는 별명이 붙었다지. 적어도 과거에는 말이다.

"우연히 알게 됐어."

짧은 침묵 끝에 묵재가 입을 연다. 목소리에 머뭇거림이 묻어 있다. 말을 해야 하나 말아야 하나 고민했을까? 어쩌면 털어놓을까 말까의 문제인지도 모르겠다.

"우리 아빠가 내 친부가 아니라는 사실을."

툭툭 땅을 파던 발이 멈춰 선다. 나도 모르게

획 하고 고개가 돌아간다. 내가 지금 무슨 소리를 들은 걸까? 머릿속에 이상한 경고음이 울리는 것 같다.

"그게 무슨……."

가로등 빛에 물든 얼굴이 피식 웃는다. 아이들이 모두 사라진 학교 운동장처럼 스산하고 외로운 웃음이다. 보는 사람까지 쓸쓸해지는 공허한 미소다.

"엄마면 모를까, 아빠가 내 친아빠가 아니라는 생각은 단 한 번도 한 적 없었어. 엄마를 끝까지 참아낸 이유도, 다 나를 위해서라고 믿었거든."

그 믿음이 바닥에 떨어진 유리병처럼 산산이 부서진 건, 우연히 방문 밖으로 새어 나온 고모의 외침 때문이었다.

"오빠가 엄마랑 나한테 저지른 짓은 생각 안 해? 다른 사람 아인 거 오빠는 이미 알고 있었잖아. 맨 처음 우리한테 소개할 때 뭐라고 그랬어. 오빠 아이 임신했다며? 그래서 나랑 엄마랑 얼마나 잘해줬는지 알지? 그런데 커갈수록 이상하잖아. 오빠 닮은 구석이 요만큼도 없어. 새언니도 오빠도 오른손잡이야. 우리 집에 왼손잡이 한 명도 없어. 걔 혼자 왼손에다 왼발잡이잖아. 그래서 엄마가 새언니한테 물어봤어. 진짜 오빠 아들 맞냐고. 바로 대답하더라. 아니라고. 오빠도 이미 알고 있다고. 그런데 오빠가 먼저 결혼하자고 했다며? 그 말 듣고 엄마 기절하다시피 했어. 그런데도 엄마가 그 사람 좀 닦달했다고 그 난리를 쳐? 오빠가 우리 속인 건 괜찮고? 됐어. 이미 다 끝난 얘기 더는 할 필요 없고. 어쨌든 걔도 올해 열일곱이야. 이제 알 건 알아야지. 아직 오빠 한창이야. 엄마 평생소원이라잖아. 오빠도 남들처럼 자기 자식 낳고……."

그날은 친구와 일대일 농구 시합이 있었다. 진 사람이 저녁에다 게임비까지 책임지기로 했다. 그런데 아무리 기다려도 약속한 녀석이 오지 않았다. 전화와 톡을 수십 번 해도 답이 없었다. 어쩔 수 없이 묵재는 터덜터덜 집으로 향했다. 현관에 낯선 구두가 놓여 있었다. 손님이 오셨나? 생각하는데 열린 문틈으로 성마른 목소리가 흘러나왔다.

"뻐꾸기 새끼 키우는 뱁새도 아니고. 제 엄마도 없는데 언제까지 남의 자식 품고 살 거야?"

아빠는 묵재가 밤늦게나 돌아오리라 생각했을 것이다. 농구 시합 후 저녁을 먹고 피시방에서 게임까지 하고 오면 빨라도 아홉 시 전에는 오지 않을 테니까. 그날 친구가 제시간에 약속 장소에만 나왔다면, 핸드폰을 무음으로 해놓지만 않았다면 모든 것은 여전히 수면 아래에 가라앉아 있었을까? 묵재는 생각하고 또 생각했다.

"예전에 한번 농구를 하다 집에 왔는데 엄마가 잔뜩 취해서 말하더라. 농구 좋아하는 것까지 어쩌면……. 그런데 아빠는 팀 스포츠를 별로 안 좋아해. 수영, 마라톤, 사이클처럼 혼자 하는 운동을 좋아하거든. 그땐 단순히 엄마가 술 취해서 또 이상한 소리를 하는구나 싶었는데, 나중에 알겠더라. 그게 무슨 뜻이었는지. 하긴 거울을 볼 때마다 이상하긴 했어. 아무리 찾아봐도 아빠를 닮은 곳이 단 한 군데도 없었으니까."

조용조용 말하는 목소리가 정작 내 귀에는 쾅

쾅 울린다. 듣는 것만으로도 숨이 막히는데 이 엄청난 소용돌이에 휘감겼을 묵재의 심정은 어땠을지 전혀 상상되지 않는다.

"제발 아빠를 놓아달라고 엄마한테 사정했는데, 아빠를 붙잡고 있었던 건 바로 나였어."

"그건⋯⋯."

네 잘못이 아니라는 말은 결국 하지 못했다. 그 사실을 묵재가 모를 리 없을 테니까. 이건 어떤 논리나 이성으로 해결할 수 있는 상황이 아니다. 명확한 잘잘못을 따질 수도 없다. 그래서 어른들은 입버릇처럼 삶을 견디라고 하는 걸까? 과학 실험처럼 원인에 따라 결과가 명확히 도출되지 않으니까. 그랬다면 내가 매일 아침 얼굴 대신 이상한 잔상들에 둘러싸여 있지도 않겠지. 묵재도 거울을 보며 어떻게든 아버지와 닮은 곳을 찾으려 노력하지 않았겠지.

"그래서⋯⋯."

나는 여전히 말을 잇지 못한다. 이 상황에서 제삼자가 뭐라 말할 수 있을까? 괜한 위로는 오만이고 소음이다.

"뭐, 너도 알다시피 집을 나왔어. 출생의 비밀에 대한 충격과 분노, 이런 아침 드라마 주인공 같은 느낌은 아니고. 그냥 아빠 보기가 좀 힘들었어. 미안하기도 하고 이제라도 아빠를 놓아줘야 하는 게 아닐까 싶기도 했고."

"어디 갔었어?"

"기차 타고 고속버스 타고 마을버스 타고 무작정 돌아다녔어. 잠은 찜질방이나 피시방 만화방에서 해결하고. 나중에 바닷가 마을에 갔는데 거기 할머니 혼자 사시는 집에 며칠 머물렀어. 밭일 도와드리고 무거운 짐 옮겨드리고……. 할머니 연세가 아흔 가까이 되셨거든. 눈과 귀가 어두우셔서 내가 대학생이고 휴학했다니까 믿으시더라. 그런데 이장 아저씨한테 걸려서 경찰에 붙잡혔지. 방송에까지 나간 줄은 정말 몰랐어. 나는 핸드폰도 없었고 TV는 할머니 방에만 있었거든."

의외로 순순히 대답한다. 간밤에 읽은 책 얘기하듯, 묵재는 편안하고 담담한 얼굴이다.

"너무 아무렇지 않게 말한다? 학교에 경찰 찾

아오고 기자들 몰려오고 한바탕 난리였어."

"알아."

묵재를 전혀 모르던 때였다. 부탁이니 제발 무사히 돌아와라, 간절히 바랐다. 물론 1년 뒤 같은 반이 되어 이렇듯 공원에서 이야기하게 될 줄은 몰랐지만.

"붙잡혀서 경찰서에 앉아 있는데 눈앞에 아빠가 있더라. 노숙자처럼 엉망이 된 얼굴로 눈만 퀭해서 유령처럼 서 있는 거야. 나 그날 태어나서 처음으로 아빠한테 맞았다. 갑자기 눈앞이 번쩍하더니 거짓말 안 하고 진짜 3미터는 날아갔어. 너무 놀라서 아픈 것도 모르겠더라."

"고작 3미터? 나 같으면 30미터는 날려버렸을 거다. 아주 그 자리에서 반은 죽여놨을 거라고. 야, 세상 어느 부모가 자식이 열흘 넘게 행방불명됐는데 미치지 않겠냐? 노숙자 정도가 아니라, 아예 좀비가 됐을 거다. 산 채로 바싹바싹 말라가는 좀비."

가로등 빛이 커다란 눈동자에 잠시 머물다 사라진다. 묵재가 재빨리 고개를 돌린다. 꿀꺽 소리와 함께 하얀 목울대가 꿈틀거린다.

"정확히는 나도 몰라. 아빠가 왜 남의 아이를 가진 엄마와 결혼했는지. 아마 내가 모르는 두 사람만의 어떤 게 있었겠지. 함께 산다고 서로를 다 아는 건 아니고, 오히려 가족이라 더 말할 수 없는 게 있잖아."

무심한 듯 내뱉는 이야기가 마음에 파문을 일으킨다. 서로를 알 수 없고 서로에게 말할 수 없는 너무 가까운 관계. 그것이 무엇인지 나는 잘 알고 있다.

"집에 돌아온 날 아빠가 말하더라. 그냥 두 사람 모두 서로에게 겁이 났다고."

여자는 남자가 머지않아 떠나리라 믿었다. 남자는 여자가 아이와 함께 사라질 것으로 생각했다. 두 사람 모두 그렇게 서로를 두려워했다. 그 한가운데 묵재가 있었다. "내 아이가 아니잖아." 여자는 남자가 이렇게 말할까 두려웠고 "네 아이가 아니잖아." 남자는 여자의 입에서 이런 말이 나올까 마음 졸였다. 여자는 두려움에 늘 술에 취해 있었고 남자는 그런 여자를 끝끝내 말

리지 못했다. 두 사람 모두 바보 같지만 사실 누
군가를 사랑한다는 것 자체가 인간을 참 어리석
게 만드는 것 같다. 행복하면 행복한 대로, 아프
면 또 아픈 대로, 혹여 이 행복이 끝날까 무섭고
이 아픔이 영원할까 두려워지니까.

"아, 미안. 내가 오늘 좀 상태가 안 좋은가봐.
친하지도 않은 애가 이런 말 해서 너도 많이 당
황했겠다."

물론 당황했다. 솔직히 이런 이야기를 듣고 태
연하기는 힘들다. 묵재랑 친하지 않은 것도 사실
이다. 오늘 우리가 만난 건 농구공 사고 때문이
다. 만약 그 일이 없었다면 이렇듯 늦은 밤 공원
벤치에 나란히 앉을 일은 절대 없었을 것이다.

"별로 친하지 않으니까 말할 수 있는 거지, 뭐.
나도 아까 그랬잖아."

한편으로는 그래서 더 편하리라 생각한다. 너
무 잘 알고 있는 사이보다, 전혀 모르는 사람에
게 쉽게 속마음을 내비칠 수도 있으니까. 보이지
않고 알지 못하는 것에 대한, 가깝지 않고 약간
의 거리가 있는 존재에 대한 낯선 느낌은 어색

하고 생경하지만 다른 한편으론 그래서 더 거침이 없을 수도 있다. 마치 이국의 낯선 도시에서 더 많은 자유와 편안함을 느끼는 것처럼.

"너희 아빠 우리 집에 오신 건 알지?"

"같이 갈 걸 그랬나?"

묵재는 끔찍한 농담을 아무렇지 않게 하는 얄미운 성격이구나. 오늘 정말 여러 가지를 알게 된다.

"와인까지 들어 있는 과일 바구니 주고 가셨어."

나는 핸드폰 속 사진을 찾아 묵재에게 건넨다.

"가끔 엄마 생일날 준비했었어."

세상에나. 엄마의 예감이 이리 정확할 수가.

"그날 너무 정중하게 사과하셔서 우리 엄마 아빠가 더 미안해했어. 그리고…… 이것도."

정확한 이유는 알 수 없다. 묵재에게 톡을 보낸 후 문득 카드가 떠올랐다. 꼭 보여주겠다는 계획은 없었다. 그런데 이 카드의 주인은 어쩌면 내가 아니란 생각이 들었다.

죄송합니다.

부디 상처가 잘 아물기를 바랍니다.

묵재가 말없이 카드를 들여다본다. 메시지가 비로소 진짜 주인에게로 날아간 것 같다. 깊은 상처가 완전히 아물진 않겠지만 묵재를 영원히 힘들게도 못할 것이다. 그 사실을 묵재와 아빠 모두 잘 알고 있겠지.

"주제넘은 소리일지도 모르겠는데."

나는 숨을 들이마시고는 천천히 내뱉는다. 그러고는 조심히 입을 연다.

"크게 달라질 건 없을 것 같다. 너와 아빠 사이 말이야. 물론 나는 제삼자 입장이고 너무 쉽게 말하는 것일 수도 있는데, 모든 사람이 다 똑같은 삶을 사는 건 아니잖아. 정말 네가 상상조차 할 수 없는 삶을 사는 사람도 있을 거야."

그중 한 명이 바로 코앞에 있다는 건, 굳이 말할 필요 없겠지. 다만 조금 다른 이야기는 할 수 있을 것이다.

"초등학교 미술 시간에, 스케치북에 실수로 물감을 흘린 적이 있어. 밑그림 다 그리고 색칠을 하려는데 물감 한 방울이 엉뚱한 곳에 떨어진 거야. 맨 처음 든 생각은 아! 망했다. 열심히 그린 그림이 다 날아갔구나. 다시 그릴 시간도 없고, 뭐, 어쩔 수 없단 생각에 그냥 채색을 시작했어. 색칠하면서도 그 물감 자국만 자꾸 도드라져 보이잖아. 에라 모르겠다, 이왕 망친 거 대충 하자, 그렇게 정신없이 그림을 그리다 보니까 거짓말처럼 물감 흘린 자국이 안 보이는 거 있지?"

카드를 손에 쥔 채 묵재가 나를 본다. 나는 다시 말을 잇는다.

"그냥 너와 아빠가 지금까지 지내온 시간을 밑그림이라고 생각해봐. 거기에 물감 한 방울이 떨어졌어."

처음에는 유독 얼룩만 도드라져 보일 것이다. 그 한 방울이 전체를 엉망으로 만들었다 생각하겠지. 하지만 결국 어디에 초점을 두느냐의 문제다. 삶의 얼룩들에 한번 시선을 빼앗기면 더 크고 소중한 것들이 안 보인다.

"나는 너와 아빠가 열심히 그린 나머지 그림들에 집중했으면 좋겠어. 얼룩은 안 사라져. 결국 더 짙은 색으로 덮을 수밖에 없어. 행복이나

이희영 ◆ 페이스

추억 같은 것으로……."

너는 믿을 수 없겠지만 나는 내 얼굴이 보이지 않아. 태어나서 단 한 번도 내 얼굴을 본 적이 없어. 음, 이런 비유가 맞는지 모르겠지만, 네가 지금까지 한 번도 네 생물학적 아빠를 보지 못한 것과 비슷할 거야. 그래도 우리 괜찮잖아. 하루하루 잘 살아왔고 살아가는 중이고 또 살아갈 거잖아. 물론 속상한 적도 많지. 왜 나에게만 이런 일이 생겼을까? 대체 무슨 잘못을 했을까? 슬프고 화나고 억울한데, 사실 다른 사람들도 마찬가지라 생각해. 다만 내 눈에만 보이지 않을 뿐이지. 네가 나에게 어떤 문제가 있는지 상상할 수 없듯, 내가 너에게 그런 큰 아픔이 있는지 생각하지 못했듯 말이야.

살아가면서 열심히 그린 밑그림에 물감 한두 방울씩 안 흘려본 사람은 없을 거야. 다만 어디에 초점을 맞추느냐가 중요하겠지. 작은 얼룩 말고 더 넓은 부분을 보는 게 좋을 것 같아. 솔직히 나는 내 얼굴이 보이지 않아서 오히려 편할 때도 있어. 남들보다 외모에 덜 신경 쓰거든. 뭐,

쓸 수도 없는 상황이지만. 대신 남들은 볼 수 없는 나만의 얼굴이 있어. 매일 아침 그 기묘한 스타일을 보는 것도 나름 재미있거든. 너도 그랬으면 좋겠어. 세상의 시선이 아닌 너만의 눈으로 볼 수 있는 뭔가가 분명히 있을 테니까.

소리 없는 말들을 건넨 후, 나는 묵재를 향해 내가 지을 수 있는 가장 환한 미소를 보낸다. 비록 나는 볼 수 없는 미소지만 부디 이 마음이 묵재에게는 닿기를 원한다.

"너, 그럴 때 있지 않아? 씻는 데는 10분밖에 안 걸리는데, 욕실에 가기까지 한 시간 걸리는 거."

"여자도 그러냐?"

"여자는 사람 아니냐?"

나는 엄마처럼 허공에 종주먹을 들어 보인다.

"직접 부딪치면 별거 아니잖아. 그 전에 고민하고 마음먹는 게 더 어렵지. 머릿속으로만 생각하지 말고 그냥 부딪쳐봐."

"우리 아빠 들이박으라고?"

"그 뜻이 아니잖아, 바보야."

버럭 소리 지르자 묵재가 조용히 웃는다. 그 얼굴이 어쩐지 정겹고 낯익다. 어디서 봤더라? 그 미소 중 하나는 내 핸드폰 앨범 속에 있고 나머지 하나는…….

"너 웃는 모습 너희 아빠랑 되게 비슷해. 물론 너희 아빠가 조금 더 괜찮지만."

"그건 아니지. 솔직히 아빠보다 내가 좀……."

피식 웃음이 나온다. 이래서 피식맨이라고 하는구나. 공원을 감싸고 있는 아파트가 반짝인다. 하늘에 손톱 끝만 한 작은 초승달이 떠 있다. 까만 밤에 떠 있는 달이 마치 내 이마의 흉터를 닮았다.

14

묵재와 헤어지고 혼자서 터벅터벅 길을 걷는다. 뭔가 허전하다 싶었는데 아직 저녁을 먹지 않았다. 아빠가 밥을 남겨놓았기를 바라며 나는 아파트 단지로 들어선다.

묵재에게 너무 그럴싸하게만 얘기한 것 같다.

부끄러움은 왜 늘 한 박자 늦게 밀려드는지 모르겠다. 혹여 묵재도 후회하고 있을까? 나에게 이런저런 이야기를 모두 털어놓은 것을? 혹시 그렇더라도 조금은 속이 후련해졌기를 바란다.

"야, 그런데 진짜 우리 아빠랑 나 웃는 게 닮았어?"

이것이 묵재가 나에게 물은 마지막 질문이었다.

"너는 거울도 안 보냐?"

그리고 이것이 그 우문에 대한 나의 현답 되시겠다. 일부러 지어낸 말이 아니다. 아빠와 엄마만 봐도 알 수 있다. 오랜 시간 함께 지내온 사람들이 얼마나 비슷해지는지. 물론 이렇게 말하면 두 사람 모두 물에 나온 물고기처럼 펄쩍 뛴다. 절대 비슷하지 않다며 극구 부정한다. 강한 부정이 긍정임을 모르는 두 분의 눈에만 안 보이는 것이다.

라미가 자신의 진짜 매력을 모르듯, 사람들이 할머니의 소녀 같은 호기심을 못 보듯, 우리는 어쩌면 무한한 가능성이 있는 백지보다 귀퉁이의 작은 얼룩에만 집중하는지도 모른다. 비록 나는 내 얼굴을 볼 수 없지만, 세상은 볼 수 있다. 그리고 언젠가 때가 되어 기적처럼 내 얼굴과 마주하는 날이 온다면, 그때의 나에게 미안해하지 않을 정도의 얼굴을 만들어가고 싶다. 표독하지 않은 표정과 웃는 주름이 많은 편안한 얼굴이 되길 바란다. 그 얼굴과 마주하는 건 오직 내 노력 여하에 달렸다. 그래서 다행이고 한편으로는 두렵다. 눈에 보이는 것들을 위해 정작 보이지 않는 것들을 놓치게 될까봐.

아파트 현관을 지나는데 주머니에서 진동이 느껴진다. 핸드폰을 꺼내자 톡이 와 있다.

—오늘 너한테 너무 많은 말을 한 것 같아.

역시 후회하는 모양이다. 나는 재빨리 키패드를 누른다.

—괜찮아. 나도 그랬는데, 뭐. 너무 신경 쓰지 마. 나 원래 남의 이야기 금방 잊어버리는…….

메시지를 쓰는 사이 화면에 또 한 줄의 톡이 뜬다.

—덕분에 꽉 막힌 속이 좀 풀렸어. 고마워.

나는 걸음을 멈추고는 지금까지 쓴 메시지를 지운다.

—다행이네. 그런데 나도 그랬어. 고마워.

곧바로 1이 사라진다. 나는 주머니에 핸드폰을 넣고 엘리베이터의 버튼을 누른다. 1층에서부터 매콤한 찌개 냄새가 풍기는 듯하다.

머리 위를 더듬어 핸드폰 알람을 끈다. 곧바로 성마른 엄마의 목소리가 방문 틈을 파고든다. 아빠의 노크가 마지막 경고다. 5분도 안 걸릴 세수를 위해 침대를 빠져나오기까지 또 20분이다. 어젯밤 침대에 누울 때만 해도 굳게 다짐했다. 내일은 알람이 울리는 동시에 벌떡 일어나겠다고. 인간은 정말 망각의 동물이며, 의지력이라고는 개미 더듬이 하나보다도 작다. 나는 반쯤 감긴 눈으로 벌컥 방문을 연다.

"딸, 일어났어? 좋은 아침."

이것 보시라, 인간은 늘 망각으로 하루를 시작한다. 반복해 주장하지만, 현대인들에게 좋은 아침이란 뿔 달린 유니콘이요 날개 달린 페가수스

다. 절대 존재하지 않는다는 뜻이다. 대체 몇 번을 반복해야 엄마는 잊지 않을까?

"거짓말하지 마."

"저게 또 아침부터……."

삶은 늘 무한 반복된다.

욕실에 들어가 졸린 눈을 들어 간신히 거울을 본다. 저절로 하! 소리가 튀어나온다.

"이건 또 뭐냐?"

오늘 콘셉트는 막대 사탕인 모양이다. 서로 다른 색의 롤리팝들이 거울을 가득 메우고 있다. 나는 눈을 비비고는 조금 더 가까이 거울 앞으로 다가간다. 정신없는 사탕들의 회오리 속에서도 이마의 흉터는 여전하다.

"안녕, 인시울."

나는 내 얼굴을 향해 인사한다. 물론 좋은 아침이야, 따위의 거짓말은 하지 않는다. 나는 알고 있다. 내 얼굴이 그 말을 별로 좋아하지 않는다는 사실을. 왜냐하면 내 얼굴이니까.

밖으로 나오자 언제나처럼 아빠는 보이지 않는다. 커피를 마시던 엄마가 내 이마에 시선을 던진다.

"흉터 크림 잘 바르고 있어?"

나는 끄떡도, 도리질도 아닌 애매한 목운동을 한 뒤 재빨리 식빵 한 조각을 입에 문다.

"엄마, 오늘 내 얼굴 어때?"

"뭘 맨날 물어봐. 아주 끔찍하고 진저리 치게 예뻐. 됐어?"

세상에 얼마나 다양한 얼굴이 있는데, 문득 얼굴을 나타내는 표현이 너무 적다는 생각이 든다. 그러니까 거울 속 내 얼굴처럼, 가끔은 이렇게 표현하는 건 어떨까?

'네 얼굴? 완전 가을 잎 떨어진 공원인데?'

'오늘 네 얼굴의 컨디션은 말이지, 여름 하늘이야. 뭉게구름이 가득하다.'

'음! 오늘은 20세기 초현실주의다. 네 얼굴 매우 심오해.'

'놀이공원이네. 비비드한 컬러에 만국기가 펄럭이는 게 어린이날 놀이공원 그 자체다.'

뭐, 사람의 얼굴을 이런 식으로 표현한다면 훨씬 개성 넘치고 다채롭지 않을까? 눈이 크고 작고 코가 오뚝하고 납작하고, 콧대가 있네 없네, 입술이 도톰하네 얇네, 이런 이분법적인 표현보다는 확실히 재미있지 않을까.

"이봐, 딸? 뭘 혼자 피식피식 웃어. 사람 무섭게?"

나는 식빵을 입에 문 채 자리에서 일어난다.

"엄마 얼굴은 오늘 완전히 대나무 숲이다. 시원하고 청량해."

엄마의 커피잔이 허공에서 멈춘다. 뭐라는 거야? 묻는 눈빛에 나는 뒤돌아 방으로 들어간다. 그래, 나도 잘 모르겠다. 내가 무슨 말을 하는지.

"인시울, 쓸데없는 소리 하지 말고 빨리 학교나 가."

"알았어."

나는 버럭 소리치고는 주섬주섬 옷을 갈아입는다. 눈을 돌리자 교복을 입은, 머리를 하나로 질끈 묶은 롤리팝 얼굴이 있다. 오늘 내 얼굴 상태는 매우 달달하고 좀 메롱해 보인다.

작품 해설

상처는 자아의 핵심

김지은(아동청소년문학평론가)

자신이 괴물이라는 것을 인식하는 순간, 인간은 성장한다. 용을 무찌르기 위해 괴물을 찾아 떠나는 이야기가 유년의 성장 서사라면 긴 여행 끝에 나 자신이 괴물이라는 것을 알게 되는 모험이 청소년의 성장 서사다. 『페이스』의 서두에 등장하는 "너는 보여? 네 괴물 같은 얼굴이?"라는 질문은 주인공이 여섯 살 무렵의 어느 순간을 회상하는 장면에서 등장하지만 작품 전체를 관통하는 성장에 관한 상징적 물음이기도 하다. 한 사람이 자기 자신을 괴물이라고 칭하는 일에는 여러 맥락이 있으며 그중 한 맥락은 나는 남과 확연히 다르다는 것을 깨달았을 때 발생한다. 나와 타인 사이에 도저히 하나가 될 수 없는 구분선이 존재한다는 것을 이해하면서, 그 생소하고 두렵고 외로운 윤곽을 더듬어 안쪽의 나를 감지하면서 우리는 '한 사람'으로 자라난다.

'얼굴을 볼 수 있다'와 '내 얼굴을 볼 수 있다' 사이에는 뛰어넘을 수 없는 간극이 있다. 타인의 얼굴을 바라보는 일은 밤하늘에 걸린 달을 보거나 방금 식사를 마친 접시를 보는 일과 크게 다르지 않은 행위다. 하지만 내 얼굴을 보는 일은 자아를 깨닫고 확인하는 행위다. 인간은 세상에 태어나서 약 18개월 정도 되었을 때 거울을 통해 보이는 몸이, 그 안의 얼굴이 자신의 얼굴임을 이해하게 된다. 고유하게 존재하는 하나의 몸을 통해 비로소 자아를 인식하기 시작하는 것이다. 인간만 거울 속의 내 얼굴을 볼 줄 아는 것은 아니다. 1970년, 『사이언스』 167호에는 침팬지의 자의식에 대한 논문이 실렸다. 심리학자였던 고든 갤럽은 침팬지에게 거울을 주고 반복적으로 얼굴을 들여다보게 훈련시켰다. 처음에 거울 속의 낯선 이미지를 두려워하며 날뛰던 침팬지들은 점차 거울 속의 얼굴이 남이 아닌 자기 자신임을 이해하게 되었고 얌전해졌다. 거울을 보면서 자신의 얼굴에 묻은 붉은 물감을 닦아내기도 했다. 타자의 눈으로 자아를 보기 시작한 것이다. 이후 거울 실험을 통과하는 동물의 종류는 점차 늘어났고 지금은 돌고래와 코끼리도 거울 실험을 통과할 수 있다고 알려져 있다.

『페이스』는 자신의 얼굴을 볼 수 없는 18세 소녀 인시울이 주인공이다. 장편소설 『페인트』를 통해 부모를 선택할 수 있다는 상상을 전개함으로써 혈연이라는 견고한 인과와 어른―아이의 서열구도를 결정적으로 뒤흔들어놓았던 이희영 작가는 이 소설을 통해 자의식의 미결정 상태에 도전한다. 내가 누구인지를 알기 위해서는 타자와 나 사이를 구분하는 경계가 필요하고 몸은 실물의 경계 지점이다. 몸은 내 마음의 실재성에 근거를 제공하는 나의 장소다. 그런데 작가는 그 장소를 과감하게 훼손해버린다. 얼굴은 타인과 구분되는 나의 속성을 가장 선명하게 표상하는 부분인데 그 표상을 인식으로부터 지워 버리는 것이다. 물론 인시울은 거울로 자신의 몸을 볼 수 있고 그 몸은 타인과 선명하게 구분되어 있기 때문에 자아에 대한 인식 자체가 없다고 하기는 어렵겠다. 그러나 자아의 특성을 압도적으로 구현하는 얼굴이 자신에게 전혀 표상되지 않는다면 자아를 받아들이는 주체의 태도에는 어떤 차이와 혼란이 발생할까?

남의 얼굴을 포함해서 세상 모든 것을 볼 수 있지만 오직 자신의 얼굴만 볼 수 없는 어린 인시울의 상태를 두고 의사들은 진단명을 확정하지 못한 채 우왕좌왕한다. 인시울은 자신을 둘러싼 혼란을 잠재우려면 얼굴이 보이는 척하면서 살아가면 된다는 걸 깨닫는다. 이렇게 시작된 인시울의 자발적인 은폐는 고등학생이 될 때까지 이어진다. 적당히 둘러대면서 눈 코 입으로 표상되는 자신에 대한 관심을 스스로 끊어내려 하지만 성장의 시간이 쌓여갈수록 '내 얼굴'에 대한 궁금증이 커지는 건 어쩔 수 없다. 얼굴로 대표되는 외모에 대한 관심이 절정에 이르는 시기를 겨으면서 또래 친구들의 끊임없는 외모 고민을 공감 없이 멍하게 들어주어야 하는 상황도 잦아 진다. 외모에 무심할 수 있기에 덜 요동치는 사춘기를 보낼 것 같지만 그렇지 않았다. 다른 시각적 경험이 허용된 상태에서 얼굴만 볼 수 없다는 것이 커다란 구멍처럼 인시울을 괴롭힌다.

그런 시울의 눈에 묵재라는 아이가 들어온다. 끔찍한 사고로 엄마를 잃고 아예 다른 사람이 되어버린 묵재는 내적 균형을 유지하지 못하고 사방으로 튀며 충돌한다. 시울은 그런 묵재의 얼굴을 보며 어쩌면 그 어지러움 속에 내재하고 있을지도 모르는, 볼 수 없는 자신의 표정을 상상한다. 그리고 시울은 묵재가 던진 농구공에 우연히 맞아 넘어지면서 사물함에 부딪혀 얼굴을 다치고 만다. 여기서 시울의 얼굴이 스무 바늘이나 꿰맬 정도로 찢어지는 것은 상징하는 바가 크다. 애당초 인식적으로는 지워져 있어서 스스로에게는 더 이상 훼손될 것조차 없다고 여겼던 시울의 얼굴이었다. 그런데 엄마와 아빠를 비롯한 타인에게는 큰 충격을 안겨준다. 피범벅이 된, 흉터가 남을지도 모르는 시울의 얼굴은 그동안 얼굴을 볼 수 없었던 시울 자신에게는 오히려 아무렇지도 않은 일이기에 그는 담담하다. 두렵지도 고통스럽지도 않다. 그런데 이희영 작가는 이 지점에서 한발 더 나아간다. 그리고 이 소설에서 가장 탁월한 전환점이기도 한 인식의 전회가 등장하는데 인시울이 얼굴을 다치는 과정에서 비로소 상처 입은 부분만큼은 스스로 볼 수 있게 된 것이다.

상처 자국을 통해서만 자신을 인식할 수 있다는 것은 놀랍지만 시울의 상황을 상상하면 타당하게 받아들여지는 이야기이고 이것은 그동안 다른 소설들에서 만난 적이 없었던 자아 정체성의 인식에 대한 강력한 비유다. 독자들은 시울이 찢긴 상처를 손으로 더듬어 만지면서, 그 경계선을 눈으로 확인하고 감동하고 상처로 표상된 자아를 받아들이는 순간을 곁에서 함께 본다. 그리고 내가 누구인지를 아는 일은 양의 영역 그래프가 아니라 음의 영역 그래프를 통해서 이루어진다는 사실에 전적으로 동감한다. 유년기의 햇살로 자신을 어렴풋이 짐작하던 어린이들은 청소년이 되어 자신의 깊은 어둠, 터진 틈과 마주한다. 이때 자아는 뾰족하게 경계면을 확정하고 구체적 실체를 확장하기 시작한다. 이희영 작가는 이것을 문학적인 방식으로 보여준다.

이와 더불어 엄마의 죽음 이후로 침잠해버렸던 묵재의 자의식도 조금씩 지상으로 올라온다. 농구공 사고를 계기로 시울과 묵재의 관계는 좀 더 속도를 내는데 이 과정에서 시울은 묵재의 '내 얼굴 보기'를 돕게 된다. 묵재는 의도하지 않은 사건으로 시울의 소중한 얼굴에 깊은 상처를 입혀 미안해한다. 그런데 시울은 묵재에게 완벽한 솔직함 그 자체로 '나에게 절대 미안해하지 않아도 된다'고 말해준다. 이러한 시울의 경쾌한 태도 덕분에 묵재는 시울 앞에서 자신의 상흔을 조심스레 개방하고 위로를 받는다. 묵재는 털 속에 머리를 파묻어버린 타조처럼 자신의 얼굴 보기를 두려워했다. 그 배경에는 엄마의 죽음 이후 충분한 애도를 거치지 못한 데서 오는 절망감과 더불어 아버지의 사랑을 사랑으로 온전히 받아들이지 못하는 것에 대한 죄책감이 숨어 있었다. 그 죄책감을 털어낼 용기를 주는 것은 부재를 견디는 법을 이미 아는 시울이었다. 상처가 선명한 시울의 웃음이 묵재를 구한다.

우리는 못 보는 것을 보기 위해서 애쓰면서 살지만 정작 보아야 하는 것 앞에서는 눈을 감으며 지낸다. 이희영 작가는 시울과 묵재를 통해서 우리가 보아야 하는 것은 나의 상처이며 그것이 내가 그토록 찾아 헤매는 내 자아의 핵심이라고 말한다. 그리고 삶을 은둔의 우물에서 끌어 올릴 힘을 안겨준다. 이 소설은 외모에 대한 강박 그 이상으로 자아 찾기에 포획되어 있으면서도 '내 얼굴 보기'를 실행해내지 못하는 많은 시울이들에게 용기를 준다. 독자는 적어도 소설을 읽기 전보다는 조금 더 뚜렷한 방식으로, 모호한 블록 속에 감추어진 나 자신의 맨얼굴을 볼 수 있게 된다.

독자는 여기서 또 한 번의 변증적 비약을 경험한다. 묵재, 시울과 함께 오랫동안 깊이 묻어 두었던 상처에서 빠져나와 그들이 그랬듯이 '나의 괴물됨'을 들여다볼 용기를 얻는다. 인시울은 스무 바늘이나 얼굴을 꿰매고 나서 "태어나서 처음으로 얼굴에 상처가 났다"고 말한다. 보이지 않는 자신의 상처, '괴물됨'에 한발 더 다가갔다는 의미이기도 하다. 인시울이 "괴상한 자화상"을 그리는 것은 자연스러운 일이다. 찢어진 것은 시울의 피부이지만 그 과정에서 드러난 것은 그의 자아다. 우리는 시울과 함께 다가올 괴상한 자화상의 시간, 훼손과 균열의 경험들을 기뻐할 수 있게 된다. 이것이 『페이스』가 발견해내는 성장의 의미다.

'괴물됨'의 인식을 거친 시울의 얼굴은 '심오한 얼굴'이 되고 '놀이공원'이 된다. '매우 달달하고 좀 메롱한' 진짜 자기 자신을 향해 간다. 그 또한 어느 하루의 자화상에 불과하다. 이희영 작가는 이 작품을 통해서 자아를 찾는다는 것은, 성장한다는 것은 결코 고통스럽지만은 않은 것이라고, 날마다 새로운 자화상을 그려나가는 것이라고 말한다. 긴박하게 읽기 시작했던 이야기가 책을 덮을 때쯤이면 포근하게 느껴지는 것은

'괴물—놀이공원'으로 향하는 과정을 받아들이고 즐길 수 있게 되었기 때문이다. 이것은 작가가 시울과 묵재를 응원하는 방식이면서 이 책을 읽는 독자를 덜 외롭게 하는 방식이다. 그렇다. "얼굴을 나타내는 표현"은 그동안 너무 적었다. 우리는 더 많은 자화상들을 찾아 나서야 한다. 그 자화상들의, 새로운 얼굴들의 격려를 받는 한 성장은 결코 두렵지만은 않을 것이다.

작가의 말

따뜻한 물로 샤워하는 걸 좋아한다. 그때마다 욕실 거울은 뿌옇게 흐려진다. 손으로 닦으면 잠시 보였던 얼굴이 차오르는 수증기에 가려진다.

'지워지는 게 훨씬 낫네.'

서서히 얼굴을 집어삼키는 거울을 보며 생각했다. 잠시 뒤 옷을 입고 밖으로 나왔다. 골방으로 들어가 포스트잇에 다음과 같이 적었다.

세상에서 유일하게 자신의 얼굴을 볼 수 없는 아이가 있다면…….

그것을 노트북 옆 메모판에 붙였다. 이야기는 이 한 줄로부터 시작되었다.

시울이가 제 얼굴을 볼 수 없듯, 손의 감각만으로 간신히 유추하듯, 인간은 모두 삶의 불확실성을 지닌 채 하루하루 살아간다. 그것이 누군가에게는 두려움이겠지만, 또 다른 이에게는 기대가 될 수 있다. 시각이 아닌, 마음의 시선에 따라 인생은 충분히 달라질 수 있다.

나는 내가 보는 것이 전부가 아님을 잊지 않으려 한다. 할머니를 보는 시울이의 아름다운 시선과 흉터를 당당히 제 것으로 받아들이는 굳건함이 필요한 세상이다.

무언가를 진심으로 본다는 건, 마음을 연다는 의미와도 같다. 그 너그러운 시선은 제일 먼저 스스로에게 향해야 한다고 믿는다. 그 후에야 비로소 세상과 공감할 수 있을 테니까.

마지막으로 이 책에 귀한 시간을 내주신 여러분께 진심 어린 감사를 전한다. 비록 우리의 삶은 한 치 앞을 볼 수 없지만, 그 탓에 많이 넘어지고 주저앉게 되지만, 여러분의 아픔은 시간의 파도에 마모되어 사라지기를, 상처는 단단하고 굳은 심지가 되기를, 행복과 기쁨만이 반짝이는

모래알만큼 가득하기를, 온 마음으로 바라고 희
망한다.

2024년 봄의 시작

이희영

페이스

지은이 이희영
펴낸이 김영정

초판 1쇄 펴낸날 2024년 3월 25일
초판 5쇄 펴낸날 2024년 8월 5일

펴낸곳 (주) 현대문학
등록번호 제1-452호
주소 06532 서울시 서초구 신반포로 321(잠원동, 미래엔)
전화 02-2017-0280
팩스 02-516-5433
홈페이지 www.hdmh.co.kr

ⓒ 2024, 이희영

ISBN 979-11-6790-250-4 04810
      979-11-6790-220-7 (세트)